Wolfgang Pein

Ein Experiment mit Autoren, die ihre ersten Geschichten vorstellen

Untertitel:

Warum ein Eisbär Kanu fährt

Bibliografische Information der Deutschen Nationalbibliothek: Die Deutsche Nationalbibliothek verzeichnet diese Publikation in der Deutschen Nationalbibliografie. Detaillierte bibliografische Daten sind im Internet über http://dnb.d-nb.de abrufbar.

Copyright : Februar 2019 - Wolfgang Pein

Herstellung und Verlag:

BoD – Books on Demand, In de Tarpen 42

D – 22848 Norderstedt - Germany -

ISBN-Nr. 9783748158417

besonderer H i n w e i s :

Dieses Buch ist ein Experiment.

Schon seit längerer Zeit habe ich die Idee, dass Kinder / Jugendliche, die gerne erstmals eine „eigene Geschichte von sich" in einem richtigen veröffentlichten Buch lesen möchten, **zusammen mit mir** ein Buch gestalten.

Um so ein Buch auf den Weg zu bringen, habe ich meine Verlagsverbindung zum BoD zur Erstellung des Buches zur Verfügung gestellt.

Die Copyright-Rechte sind deshalb mit Seite 5 dieses Buches auf mich abgestellt. Es wird aber klar gestellt, dass die eigenen Geschichten der Kinder/Jugendlichen als Copyright bei diesen verbleiben. Das Copyright wurde an mich und den BoD von allen Autoren „zwecks Veröffentlichung" dieses Buches für die „Dauer der BoD-Bindungsfrist" (für zunächst 1 Jahr) abgetreten.

In diesem Buch befinden sich also Geschichten, die im nachfolgenden Verzeichnis von mir und den mir persönlich bekannten und namentlich aufgeführten Autoren / innen erdacht wurden.

Verzeichnis

der Geschichten und Autoren:

(gemäß Seite 7 dieses Buches)

- - - - - - -

Das Eichhörnchen und die Wolke

(von Nicy Wörner)

Hilfe für stachelige Freunde

(von Wolfgang Pein)

Flecki, Ferdi und der Autodieb

(von Kilian Ples)

Ein Feuerwehrmann auf dem Eis

(Louis träumt – von Wolfgang Pein)

Schneeflocken

(von Nicy Wörner)

Wenig Wasser für die Fische

(von Wolfgang Pein)

Rumigeln

(von Daniela Ples)

Wächter und Hüter der Träume

(von Nicy Wörner)

Die Abenteuer von Kai Fly

(von Darijan Balser)

Tim Mäuserich

(von Kilian Ples)

Kai und die Reise ins Sonnenland

(von Darijan Balser)

Das Eichhörnchen und die Wolke

(von Nicy Wörner)

In einer alten und sehr großen Tanne wohnte ein Eichhörnchen. Es wohnte schon seit Anbeginn dort und ging dort seinem geschäftigen Alltag nach.

Eines Morgens, als das Eichhörnchen wie immer Wasser trinken wollte, da war kein Wasser mehr zu finden. Verwundert schaute es um sich. „Na so was – das gab es doch noch nie! Kein Tropfen mehr da, eine Katastrophe."

Schnell lief es den Stamm hinunter. Ja – alles trocken. „Wann hat es eigentlich das letzte Mal geregnet?" dachte es. „Was nun?" Traurig kletterte es wieder den Stamm nach oben.

„He – was ist denn los?" Verwundert guckte es nach oben. Da war doch tatsächlich eine Wolke, die fragte, was los sei.

„Äh, also, es ist so...!" begann das Eichhörnchen. „Ich habe kein Wasser mehr und die Blumen haben auch Durst. Kannst du es nicht regnen lassen? Dann hätten doch auch alle etwas davon."

Die Wolke schaute nun doch etwas dümmlich drein, überlegte und sagte dann:

„Ich kann nicht so einfach auf Kommando regnen."

„Ooch - schade!   Aber was machen wir nun?"

„Warten!", sagte die Wolke.

„Auf was?"

„Na, auf meine Geschwister!", meinte die Wolke.

„Wann kommen die?", fragte das Eichhörnchen.

„Das kann dauern. Die sind noch am Meer."

„Och!"   machte   das   Eichhörnchen. Dann verschwand es im Loch der Tanne.

„Ich muss eingeschlafen sein!", sagte das Eichhörnchen. „Es ist schon so dunkel draußen."

„Hey - Eichhörnchen!   Sie sind endlich da!"

Nun sah das Eichhörnchen die vielen dunklen Wolken, die sich neckten und miteinander stritten. Plötzlich gab es einen gewaltigen Donnerschlag. Schon plumpsten die ersten schweren Regentropfen auf den Waldboden. Zum Schluss waren es so viele Tropfen, dass sich das Wasserloch wieder füllte.

- Zeichnung: **Nicy Wörner** -

„Danke!", rief das Eichhörnchen.

„Gerne doch!", sagte die Wolke. „Bis zum nächsten Mal. Denn wir müssen schnell weiter."

Das Eichhörnchen winkte zum Abschied mit seinem buschigen Schwanz.

„Das reicht für mindestens vier Wochen!", sagte es glücklich, trank dann einen großen Schluck und ging wieder schlafen.

Schwups – und sofort nach dem Erwachen trank das Eichhörnchen wieder einen Schluck und ging dann auf Futtersuche zum nahen Vogelhaus.

Foto: **Wolfgang Pein**

Hilfe für stachelige Freunde

(von Wolfgang Pein)

Diese Geschichte spielt im Norden von Italien. Genau gesagt spielt sie dort im Bezirk Vinschgau, wo die Menschen italienisch und deutsch sprechen. Das Vinschgau ist wunderschön, denn es gibt dort eine Landschaft mit Millionen von Apfelbäumen, verschiedene Seen und viele Berge, die teilweise über 3000 Meter hoch sind.

So ist es auch kein Wunder, wenn viele Menschen immer wieder das Vinschgau besuchen, um hier ihre Ferien zu verbringen und um sich hier richtig gut zu erholen. Da ist es doch sehr praktisch, dass man hier alles versteht, auch wenn man im Ausland ist, wo selbst die Speisekarten deutsch und italienisch sind.

Doch nicht nur den Menschen gefällt es dort. Schließlich gibt es auch viele verschiedene Tiere, die da leben. Sogar Bären sind dort schon gesichtet worden. Über „Bruno den Bären" haben Zeitungen und das Fernsehen berichtet.

Die Tierwelt hat also eine wunderschöne Heimat dort, aber es gibt leider auch sehr viele Gefahren.

Nicht nur von der Natur geht Gefahr aus, wie das eben so ist, da nicht alle Tiere wirkliche Freunde sind. Auch der Mensch hat seine Schuld daran, dass viele Tiere nicht ungestört mehr leben können.

Hier in diesem Fall ist es eine Straße, die nach einem strengen Winter wieder fertig gemacht wurde. Aber als diese Straße fertig und die Bauarbeiter auch wieder verschwunden waren, da war die Straße nicht wieder zu erkennen. Erstens war sie verbreitert worden und dann hatte sie einen hohen Betonrand an beiden Seiten erhalten. Dieser hohe Rand soll Steine davon möglichst abhalten, auf die Fahrbahn zu rollen, wenn sie von den Bergen herab fallen sollten.

Das ist ja alles gut und schön für die Autofahrer, die Motorradfahrer und die vielen Radfahrer. Aber ein riesengroßes Problem hatten ganz andere, und an die hatte bei den Planungen und dann beim Bau der Straße niemand gedacht.

Auf der Bergseite der Straße standen mehrere Igel-Familien und waren völlig ratlos. Dies waren Familien, die dort schon viele Jahre lang ihre Heimat hatten, und jetzt sah alles völlig fremd aus.

Straßen werden auf der ganzen Welt immer wieder erneuert oder auch neu gebaut. Menschen planen das, und alle müssen damit fertig werden und leben – auch die Tiere, die niemand gefragt hat.

Die Igel schauten entsetzt auf die hohen Beton-Umrandungen, die die Straße umgaben. Soweit sie schauen konnten, sie sahen überall rechts und links den hohen Rand, der für sie unüberwindlich hoch war. Sie waren zwar hier auf dieser Seite immer noch in Sicherheit, aber um Nahrung zu finden, mussten sie doch auch noch auf der anderen Straßenseite danach suchen. Wie sollten sie jetzt dorthin kommen? Zumal die Igel jetzt besonders viel Nahrung brauchten, da mehrere Igelmütter bald ihre Igel-Kinder bekommen werden. Und diese Igel konnten ja nicht mit suchen helfen – schon gar nicht bei dieser hohen Mauer.

Es war alles so schnell gegangen. Die Igel, wenn sie es denn gewusst hätten, was passiert, hätten ja ihr Revier wechseln können, was ihnen allerdings sehr sehr schwer gefallen wäre. Nun, als die Bauarbeiter die Straße erneuerten, da waren die Igel am Berghang gefangen.

Auch hatten sie große Angst vor den großen Maschinen der Bauarbeiter und dem Lärm, den die Arbeiten verbreiteten. Die Igel hatten es einfach verpasst, noch rechtzeitig abzuhauen.

An diesem Abend, als der letzte der Bauarbeiter weg war, hielten die Igel eine Versammlung ab. Fritz war der Igel-Chef, schaute alle versammelten Igel an und sprach:

„Meine lieben Freunde, ihr alle wisst, dass die vergangene Zeit für uns nicht leicht war. Mit den vielen Menschen, den riesigen Maschinen und dem Lärm zu leben, das war schwierig. Aber das alles haben wir überstanden. Auch wenn uns nichts passiert ist, wir haben jetzt ein riesiges Problem."

Die Igel hatten gut zugehört, nickten mit den Köpfen und sahen alle automatisch zu der hohen Betonmauer hin, die die Straße abschirmte.

„Nun - wir müssen Entscheidungen treffen!", sagte der Igel Fritz weiter. „Wir müssen uns entscheiden, ob wir hier bleiben – oder müssen wir uns etwa ein neues Zuhause suchen?"

Ängstlich sahen die Igel zu ihrem Fritz.

Unbemerkt von allen Igeln hatten sich auf der Straße einige Steinböcke genähert. Die hatten gehört, was der Igel-Chef sagte. Die Steinböcke sahen sich an, blickten dann die Straße entlang, zu beiden Seiten hin. Und einer von ihnen hatte eine Idee, wie man den Igeln vielleicht helfen kann. Einen kurzen Augenblick lang diskutierten die Steinböcke, dann sah einer von ihnen über den Betonrand, um zu sehen, wo sich die Igel genau befinden. Dann sprang er hinüber und landete kurz vor der Igel-Versammlung.

Erschrocken wollten die Igel auseinander stürmen und sich in Sicherheit bringen. Aber wo sollten sie hin? Hinter ihnen waren die Felsen, die steil nach oben hinauf ragten. Vor ihnen war die viel zu hohe Betonmauer.

Der Steinbock trabte einige Schritte zurück, um den Igeln zu zeigen, dass ihnen von ihm keine Gefahr droht. Dann sprach er zu den Igeln: „Hallo – Freunde, ich bin der Rolf von der Steinbock-Herde auf der anderen Straßenseite. Sicher habt ihr uns bei euren Ausflügen schon oft bemerkt. Dann wisst ihr auch, dass wir keine Feinde sind – eher wollen wir eure Freunde sein."

Die Igel hatten sich beruhigt, und Igel Fritz sagte: „Das stimmt, wir kennen euch. Könnt ihr helfen?"

Der Steinbock nickte und antwortete: „Unsere Gruppe hat da so eine Idee. Wir haben alles gehört, was ihr besprochen habt. Auch für uns ist die Straße jetzt verändert und sind die Mauern neu. Allerdings sind die für uns kein Hindernis, wie ihr wohl eben bei meinem Sprung zu euch gesehen habt. Also – zu unserer Idee: Wir könnten euch helfen, über die Mauern zu kommen. Wir könnten das einmal tun, wenn ihr auf die andere Straßenseite umzieht, aber wir wären auch bereit, euch für einige Zeit lang täglich zu helfen, hin und her zu kommen."

Foto zur Verfügung: **Karl Hofer, Vinschgau**

Die Igel konnten kaum glauben, was Rolf der Steinbock ihnen vorgeschlagen hatte.

Doch Igel-Chef Fritz fand zuerst seine Sprache wieder, sah zu seinen Igeln und antwortete: „Das ist eine tolle Idee – eine Super-Idee. Dann können wir in aller Ruhe entscheiden, was wir für die Zukunft machen wollen."

„OK", sagte Rolf der Steinbock, „dann werde ich euch mal vorschlagen, wie wir das machen können. Also – einer von uns kommt hier auf eure Seite der Mauer, kniet sich hin, ihr klettert dann hinauf nach oben. Auf der anderen Seite ist ebenfalls ein Kollege von uns. Der macht das genau so, und ihr könnt an ihm hinunter auf die Straße klettern. Auf der anderen Straßenseite warten dann weitere zwei Steinböcke. So kommt ihr ohne Probleme über die Mauern."

Die Igel schauten Rolf ungläubig an, sahen dann zu ihrem Chef und brachen dann nur kurz darauf in Jubelschreie aus. Igel-Chef Fritz trippelte auf Rolf zu, richtete sich auf und streckte dem Steinbock seine kleinen Vorderfüße entgegen.

„Das finden wir großartig, was ihr für uns tun wollt. Wir werden euch ein Leben lang dafür dankbar sein. Lasst uns sofort mit dieser Aktion beginnen."

Steinbock Rolf sprang mit einem Satz über die Mauer und beriet sich auf der anderen Straßenseite mit seinen Kollegen. Dann kam er mit einem aus seiner Gruppe zurück. Rolf selbst sprang wieder zu den Igeln hinüber, kniete sich hin, und der erste der Igel kletterte auf ihm hinauf und saß kurz darauf oben auf der Mauer. Hinter der Mauer wartete schon der nächste Steinbock, und der Igel auf der Mauer konnte bequem auf ihm hinunter auf die Straße. Auf der anderen Seite wiederholte sich das Spiel. Ein Igel nach dem anderen gelangte so über die Straße auf die andere Seite.

Es vergingen an die drei Tage. Der Transport auf die Mauern und hinunter klappte hervorragend. Die Igel waren glücklich, wussten aber auch, dass dies nicht auf Dauer immer so weiter gehen wird. Eine andere Lösung musste gefunden werden. Drohte jetzt doch noch ein Umzug, müssen sie aus ihrer gewohnten Umgebung weg?

Die Aktionen mit den Igeln und den Steinböcken waren auch anderen Tieren nicht entgangen. Sie hatten sich diese Sache ein paar Tage lang angesehen. Auch sie wussten - auf die Dauer ist das keine Lösung für immer.

Die Igel bekamen Besuch auf ihrer Bergseite und staunten nicht schlecht, wer das war. Es waren Murmeltiere, die auch hier in der Gegend zu Hause waren.

Einer von ihnen stellte sich als ihr Chef „Mümmel" vor. Die Igel versammelten sich um ihn.

Mümmel sagte: „Ihr Igel seid sehr tapfer, wie ihr mit dieser Situation und der Straße umgeht. Die Steinböcke haben sich darüber unterhalten, wie man euch auch in der Zukunft helfen kann. Und wir Murmel haben dann ebenfalls eine Versammlung abgehalten. Da haben auch wir einen Plan gemacht. Also – unser Plan wäre folgender: Wir Murmel sind ja große Baumeister, was Höhlen betrifft. Wir leben ja alle in Höhlen, die wir uns selbst gegraben haben. Nun – wir könnten für euch einen Tunnel graben, einen Tunnel unter der Straße hindurch. Wenige Meter entfernt liegt ein altes Rohr unter der Straße. In dem Rohr floss früher Wasser ab, das von den Bergen herunter gelaufen kam. Die Bauarbeiter haben das Rohr zugeschüttet. Wir Murmel werden versuchen, ob wir da wieder einen Durchgang machen können. Wenn das nicht geht, dann graben wir euch einen neuen Tunnel unter der Straße hindurch. Was denkt ihr? Wollt ihr euch beraten?"

Die Igel brachen in Jubelschreie aus und ihr Fritz sagte voller Freude: „Menschenskind – ihr Murmel seid auch wirklich echte Freunde in der Not, ebenso wie die Steinböcke, die uns schon seit Tagen helfen. Wenn ihr das schafft, dann können wir hier an Ort und Stelle bleiben, wo schon viele Generationen von uns leben und gelebt haben."

„Ok", sagte Murmel Mümmel, „dann werde ich mit meinen Freunden auch sofort damit anfangen, damit ihr möglichst schnell einen sicheren Gang auf die andere Straßenseite bekommt.".

Foto: **Wolfgang Pein**

Und die Murmel legten sofort los und buddelten wie die Weltmeister. Sand, Steine und Gras flogen nur so durch die Luft.

Schon am nächsten Morgen kam Mümmel wieder zu den Igeln hinüber und rief nach dem Chef. „Hallo Fritz", sagte Mümmel, „wir haben es schon geschafft. Die ganze Nacht haben wir gegraben, aber jetzt ist der Tunnel bereits fertig. Es war für uns leichter, einen neuen Tunnel zu graben. Die Bauarbeiter haben das alte Rohr mit Steinen und Beton versperrt. Da gab es kein Durchkommen. Aber bitte – kommt und schaut selbst. Hoffentlich gefällt euch unsere Arbeit."

Igel-Chef Fritz rief alle Igel zusammen und gemeinsam gingen sie nur wenige Meter nach links. Dort am Tunneleingang warteten schon einige der Murmel und begrüßten die Igel mit großem Hallo!

Mann – was gab das für eine tolle Party! Igel, Murmel und Steinböcke waren auf der großen Wiese auf der anderen Straßenseite versammelt und klopften sich gegenseitig auf die Schultern. Die Steinböcke mussten sich zwar dafür runter bücken, aber das taten sie doch gern.

Alle blieben Freunde, solange sie lebten. Und weil das schon eine Weile her ist, wird diese Geschichte von Generation zu Generation weiter erzählt.

Stilfser-Joch / Igel-Tunnel / Foto: **Wolfgang Pein**

Foto zur Verfügung: **Karl Hofer, Vinschgau**

Flecki, Ferdi und der Autodieb

(von Kilian Ples)

Es geschah im letzten Jahr, in der Nacht vom 3. auf den 4. August.

Der mehrfach gesuchte Autodieb Christian Müller-Hansen stahl in Oklahoma ein Oldtimer-Ralley-Auto, das fast unbezahlbar war und einem Bürgermeister aus dem Nachbarstaat gehörte.

...... **1 Woche v o r h e r** .....

„Moin - mein lieber Flecki!", sagte Ferdi das Pferd, das früher einmal in Ostfriesland zu Hause war.

„Hi – na wie geht es dir alter Kumpel?", fragte der Hund zurück.

„Gut, nur die Sonne scheint so stark. Die Gräser auf meiner Weide vertrocknen langsam!"

„Oh, das wird schon wieder."

„Aber es ist so totenstill hier!", klagte Ferdi. „Wir haben lange keine Gäste mehr bekommen."

Doch in dem Moment kam ein schwarzer Van zur Ranch vorgefahren. Ein Mann mit schwarzer Sonnenbrille und Cowboy-Stiefeln stieg aus.

„Wow, als hätte er dich gehört!", bellte Flecki.

Da kam auch schon Bauer Heineke aus seiner Scheune und empfing den Mann sehr erfreut. Wie sich herausstellte, da war es der neue Stalljunge namens Christian.

Das meinte zumindest Schweinie - das Schwein aus dem Stall, das besonders gute Ohren hatte.

In dem Moment kam Christian auf Ferdi zu und sprach ihn an: „Na – du Racker, ich soll dich waschen und striegeln." Ferdi folgte ihm brav.

In der Zwischenzeit spielte Flecki mit den Krähen auf den Feldern. Als Ferdi wieder auf die Koppel gebracht wurde, kam Flecki angeschlichen und wollte seinen Freund erschrecken. Doch der Hund bemerkte, dass Ferdi erschrocken aussah, und Flecki ließ das lieber sein.

Ferdi erzählte seinem Freund, was Christian gesprochen hatte, als der ihn abgewaschen hat.

„Also stell dir vor", sagte er, „der Bürgermeister aus dem Nachbarstaat kommt morgen mit seinem Ralley-Oldtimer vorbei, um sich mehrere Pferde hier auf der Ranch anzusehen. Er übernachtet heute im einzigen Hotel in der Stadt da hinten."

Flecki war über das, was er noch weiter von Ferdi hörte, sehr erschrocken. „Und in der Nacht will Christian das Auto klauen?", fragte er nach.

„Ja- so ist es!", bestätigte ihm Ferdi noch einmal. „Aber ich würde gerne etwas dagegen unternehmen!"

Um 20.oo Uhr am Abend gingen Ferdi und Flecki dem Hotel entgegen. Den beiden Freunden kam auf einmal ein seltsames und sehr altes Auto entgegen, und darin saß dieser Christian.

„Los – Ferdi, wir stoppen das Auto, damit die Polizei Christian verhaftet!"

Also rannten Flecki und Ferdi auf die Straße, um das Auto zu stoppen. Es gelang ihnen wirklich. Die Polizei kam nun auch. Unter Fluchen wurde Christian von der Polizei ins Polizeiauto gezerrt. Und natürlich war auch sofort die Presse zur Stelle, woher die auch immer erfahren hatte, was passiert war.

Die Presseleute umkreisten das Polizeiauto, Pferd und Hund, und von allen Seiten schossen Blitze durch den schon dunkeln Abend.

Doch bald waren die Menschen weg, aber eine Woche später stand in vielen Zeitungen:

The Oklahoma – NEWS:

„Tiere haben Christian Müller-Hansen gefasst !!!"

oder

The new City – Express:

„Christian Müller-Hansen überführt von einem Pferd und einem Hund !!!"

„Gut gemacht!", sagte Ferdi zu Flecki.

„Ja, du warst aber auch nicht schlecht!"

Erschrocken drehten Ferdi und Flecki sich herum, als eine Stimme sie von hinten anquiekte.

„Heute seid ihr schon wieder in einer Zeitung – und sogar mit einem tollen Bild!"

Das war Schweinie und grunzte zufrieden.

Und wenn sie nicht gestorben sind, dann reden sie dort alle noch heute über jene Nacht.

Ein Feuerwehrmann auf dem Eis

(Louis träumt – von Wolfgang Pein)

Noch bin ich etwas zu jung, um meine Bewerbung abzugeben. Aber ich habe ein wichtiges Ziel. Ich will unbedingt ein Feuerwehrmann werden! Und manchmal träume ich jetzt schon davon, wie das alles wohl einmal wirklich sein wird. Im Traum kann man ja eigentlich alles, und genau davon erzählt diese Geschichte – die geträumte Geschichte vom Feuerwehrmann auf dem Eis.

Die Geschichte handelt von einem jungen Mann, der bereits schon seit einigen Jahren bei der Feuerwehr ausgebildet wird. Der junge Mann heißt ebenfalls Louis und hatte, genau wie ich, bereits als kleiner Junge davon geträumt. Und sein Traum war bereits tatsächlich wahr geworden. Zum Schluss der Ausbildung müssen die zukünftigen Feuerwehrmänner noch eine besondere Prüfung ablegen. Und diese Prüfung ist sehr schwer, denn die Auszubildenden müssen da beweisen, dass sie in allen Situationen klar kommen - sozusagen ein Überlebens - Training.

Der zukünftige Feuerwehrmann Louis wurde in ein Flugzeug gesetzt. Er wusste nicht, wohin der Flug gehen wird - das hatte man ihm nicht gesagt. Nun saß er erwartungsvoll und angeschnallt in der Maschine. Gewundert hatte sich Louis, dass das Flugzeug außer den Rädern auch noch Kufen unter sich hatte. Das war wohl ein Flugzeug, das auch noch in Gebieten eingesetzt wurde, wo es Schnee und Eis gibt – war es etwa so ein Flugzeug, das auf dem Wasser landen kann?

Louis fragte nicht nach. Außer ihm befand sich nur noch der Pilot im Flugzeug. Man wird schon sehen, wohin es geht – also in Ruhe abwarten. Die Flugrichtung zeigte jedenfalls nach Norden. Also tippte Louis auf Schnee – wegen den Kufen.

Nachdem eine lange Zeit vergangen war und das Flugzeug eine große Strecke über Wasser hinweg geflogen war, tauchte auch tatsächlich Land auf, das sehr weiß aussah. Es war Grönland, ein von Eis und Schnee bedecktes Land hoch im Norden.

Es wurde immer spannender für Louis. Weil ihm ja gar nichts gesagt wurde, wohin die Reise führen wird, da hatte er auch keine Idee, was er denn nur in Grönland soll. Womit oder wie soll er hier denn ausgebildet werden? Schnee löschen soll er doch hier ganz bestimmt nicht.

Eine Stunde später war das Flugzeug schon wieder gestartet und auf dem Rückflug. Louis saß ganz allein auf seinem Gepäck, mitten in Eis und Schnee. Es schneite, und er konnte nicht weit sehen, wo er überhaupt war. Als die Schneeflocken weniger wurden, sah er hinter sich Eisberge, die sich wie ein Berg aufgetürmt hatten. Nur wenige Meter vor ihm konnte er jetzt Wasser erkennen. Das Wasser stand jedoch still, denn es war mit einer Eiskruste überzogen. Ein Stück weiter draußen zum Meer hin konnte Louis eine kleine Insel erkennen.

Jetzt wurde es aber Zeit, mal nachzuschauen, was man ihm als Gepäck mitgegeben hat, also was da an Ausrüstung so vor ihm lag. Zunächst schaute er nach einem großen Paket, und darin befand sich ein aufblasbares Schlauchboot. Louis fand in den anderen Paketen einen Schlafsack, einen kleinen Ofen, den man mit Gas heizen kann, eine Angel, einige Lebensmittel und ein Gewehr. Zum Glück war er warm genug angezogen, denn mehr lag da an Ausrüstung nicht vor ihm.

Von so einer Ausbildung wie hier hatte Louis noch nie etwas gehört. Die Feuerwehr ließ sich wohl immer wieder etwas Neues einfallen.

„Nun gut", sagte Louis zu sich selbst, „ich habe es so gewollt, und nun muss ich diese Sache hier wohl auch überstehen."

Ein kleines Zelt hatte Louis noch zwischen den mitgebrachten Sachen entdeckt. Das Zelt hatte er mit wenigen Handgriffen aufgestellt. Drinnen lag Louis jetzt in seinem Schlafsack. Während er so noch einige Zeit lang da lag und über den Tag bisher nachdachte, fühlte er neben sich den Lauf des Gewehres. Mit solchen Dingen wollte Louis überhaupt nichts zu tun haben, aber als er sich darüber Gedanken machte, warum man es ihm mitgegeben hat, da kam ihm auch sofort ein Gedanke, der ihn etwas unruhig machte.

„Eisbären", dachte Louis, „sicher gibt es hier auch Eisbären." Louis hatte im Fernsehen schon viele Berichte über die Länder im Norden gesehen. Bei den Untersuchungen dort oder auch bei Urlaubern, die sich dort einmal richtiges Eis und den Schnee anschauen wollten, da waren auch immer Begleiter dabei gewesen, Begleiter, die Gewehre bei sich hatten. Man war dort nicht auf der Jagd, schon gar nicht auf geschützte Tiere, aber zum Eisbären können auch für Menschen sehr gefährlich werden. Wenn die den Besuchern zu nahe kommen, schossen die Begleiter in die Luft - so geriet niemand in Gefahr.

Louis schlief etwas unruhig, und ab und zu wachte er auf und horchte, ob sich fremde Geräusche dem Zelt nähern. Am nächsten Morgen war aber noch alles in Ordnung. Die erste Nacht war vorbei, aber viele Nächte lagen noch vor ihm, denn dieses Experiment für seine Ausbildung dauert noch fast drei Wochen. Erst dann wird das Flugzeug wieder hier landen und ihn nach Hause zurück holen. Bis dahin war er allein auf sich gestellt.

Als Louis sich die Lebensmittelvorräte ansah, war ihm sofort klar, wofür er eine Angel mitbekommen hatte. Er würde sich wohl Fische angeln müssen, um etwas zu Essen zu haben. Von Eis und Schnee allein kann man dort in diesem eisigen Land nicht überleben.

„Das ist ja ein schlechter Witz!", rief Louis laut. „Ich bin doch Vegetarier! Was stellt ihr nur mit mir an!" Und in diesem Augenblick wusste Louis, dass dies hier eine lange Zeit und eine wirklich schwere Prüfung für ihn wird.

Es schneite nicht mehr, und Louis machte einen Erkundungsgang in Richtung der eisigen Berge. Nach einigen Stunden kam er zum Lager zurück. Er hatte keine Anzeichen für wilde Tiere bemerkt.

Dann kam die zweite Nacht. Louis war schon sehr müde von der frischen Luft den ganzen langen Tag lang. Außerdem war er Stunden unterwegs gewesen, um die Umgebung zu erkunden. Dabei ging es zwar nicht über Stock und Stein, aber viel Schnee gab es - sehr tiefen Schnee, wo das Vorwärtskommen sehr anstrengend ist. Außerdem ging es rauf und runter. Die Eisblöcke oder vereisten oder verschneiten Felsen kosteten sehr viel Kraft. Somit dauerte es nur Minuten, und Louis war eingeschlafen.

Der nächste Morgen brachte eine Überraschung für Louis. Als der nämlich aus dem Zelt kroch, bemerkte er Spuren, die rings um sein Zelt zu sehen waren. Das waren keine Fußspuren von Menschen – es waren Tierspuren. Die waren ziemlich groß und Louis wusste sofort: „Das können nur Eisbären oder zumindest ein einzelner Eisbär gewesen sein."

Louis suchte mit seinem Fernglas die Umgebung ab, sah aber nichts, was ihm verdächtig vorkam. Er wollte sich gerade Frühstück machen, da bemerkte er eine Bewegung – weit draußen, da, wo die kleine Insel ist, die er schon am ersten Tag seiner Ankunft bemerkt hatte.

„Ich bin also nicht allein!", sprach Louis mit sich selbst. „Ich hoffe, dass der Eisbär weit genug weg bleibt." Aber seit dieser Minute ließ Louis sein Gewehr nicht mehr aus den Augen. „Man kann ja nie wissen, was passiert."

Louis ging an diesem Morgen nicht auf Erkundung der Umgebung. Er behielt den Eisbären im Auge, der stundenlang dort hinten auf der kleinen Insel saß. Nur manchmal richtete er sich auf und streckte sich. Und Louis konnte trotz der weiten Entfernung sehen, wie groß der Eisbär ist. „Ach du meine Güte!", dachte sich Louis. „Ein ausgewachsener Eisbär ist das. Und ich bin hier wohl mitten in seinem Revier."

Nur kurz war Louis in seinem Zelt, um sich etwas zu Essen zu holen. Als er wieder heraus kam und weiter nach dem Eisbären Ausschau halten wollte – **der Eisbär war w e g** !

In dieser nächsten Nacht schlief Louis ganz schlecht – oder fast gar nicht. „ Wo ist der Eisbär geblieben? Ist er weiter gezogen? Ist er hier irgendwo in der Nähe? Was ist, wenn er wieder hierher zum Zelt kommt? Was wird passieren?" Diese ganzen Fragen ließen Louis nicht schlafen.

Am nächsten Morgen – Louis war doch noch ganz kurz eingeschlafen - schreckte er hoch und suchte sofort die Umgebung ab. Wieder sah er den Eisbären auf der kleinen Insel sitzen. Und irgendwie hatte Louis das Gefühl, dass der Eisbär ihn ansah. Louis nahm das Fernglas. Und tatsächlich, der Eisbär sah in seine Richtung. Dann stand der Eisbär auf.

Der Eisbär kam auf ihn zu. Ab und zu verschwand der, tauchte dann aber immer wieder auf. Und der Eisbär kam immer näher. Nur noch etwa knapp 50 Meter trennten die beiden. Louis nahm das Gewehr, stand auf und hielt es hoch über seinen Kopf. Der Eisbär stoppte sofort. Kannte er etwa solche Waffen? Wusste er, dass diese auch für ihn gefährlich werden können?

Der Eisbär setzte sich hin. Und nicht nur das – der Eisbär hielt seine mächtigen Arme mit seinen langen spitzen Krallen in die Höhe und legte dann seine Arme hinter seinen Kopf.

Louis schüttelte den Kopf, schloss die Augen, machte sie wieder auf und wiederholte dies einige Male. Doch jedes Mal, wenn Louis wieder zum Eisbären sah, da saß der immer noch da und hatte immer noch seine Arme hoch erhoben.

„Das glaubt mir kein Mensch!", rief Louis laut aus und erschrak sich selbst darüber. „Ein Eisbär, der sich mit erhobenen Händen ergibt, weil er meine Waffe gesehen hat. Wer sollte mir das auch glauben?"

Im nächsten Augenblick hatte Louis eine Blitzidee. Er nahm sein Smartphone und machte ein Foto. Der Eisbär blieb ruhig sitzen, immer noch mit erhobenen Armen.

„Na – du bist mir ja ein merkwürdiges Kerlchen!", rief Louis. „Kennst wohl Waffen – und fotografiert worden bist du anscheinend auch schon."

Der Eisbär stand auf und kam auf Louis zu, dann setzte er sich wieder hin. Jetzt trennten die beiden nur noch an die 30 Meter. Louis hatte das Gewehr erhoben, der Lauf zeigte in die Luft.

In seinem Kopf fragte sich Louis: „Wie viele Meter gebe ich dem Eisbären noch, bis ich gezwungen bin, in die Luft zu schießen? Und was mache ich, wenn der Kerl nicht anhält und noch weiter auf mich zu kommt? Hallo – ich bin bei der Feuerwehr und nicht in der Ausbildung zum Großwildjäger! Was soll ich tun? Gegen die Kraft des Eisbären habe ich doch keine Chance!"

Nur noch 20 Meter entfernt setzte sich der Eisbär wieder. Louis senkte das Gewehr. Der Eisbär nahm seine Arme herunter, und Louis hob sofort wieder den Lauf des Gewehres.

Der Eisbär hob einen Arm und schüttelte seinen Kopf. Und was jetzt folgte, das verschlug Louis die Sprache. Er war so überrascht, dass kein einziges Wort aus seinem Mund kommen wollte. Aber das war auch nicht nötig, d e n n jetzt sprach der Eisbär zu ihm.

„Keine Angst", sagte der Eisbär - zwar in einer etwas merkwürdigen Sprache, aber Louis konnte ihn verstehen. „Keine Angst", wiederholte der Eisbär. „Ich habe noch keinem etwas getan. Und das wird auch so bleiben, solange man mir nichts Böses anhaben will."

Dann hatte sich Louis erholt. „Wieso kannst du meine Sprache oder warum kann ich dich verstehen?", sagte er.

„Nun, das kann ich dir sagen!", antwortete der Eisbär. „Hier waren schon viele Forscher, die Schnee und Eis erforschten, aber auch uns Tiere und besonders uns Eisbären. Dann tauchen hier immer wieder riesengroße Schiffe mit ganz vielen Menschen darauf auf – sind wohl Touristen.

Und von denen allen habe ich viele Wörter aufgeschnappt und nach und nach verstand ich auch, was gemeint ist. Schön, dass auch du mich verstehen kannst. Noch einmal sage ich dir – von mir geht keine Gefahr aus. Ich tue dir nichts."

„Ok", sagte Louis, jetzt sichtlich erleichtert. „Auch ich werde dir bestimmt nichts tun. Das Gewehr hat man mir wohl nur mitgegeben, falls mir Gefahr droht. Ich will dir vertrauen, denn du machst einen recht friedlichen Eindruck auf mich. Und das soll auch so bleiben. Einverstanden?"

„Na klar, ich bin sehr einverstanden", sagte der Eisbär. „Ich bin doch so froh, dass ich jetzt jemanden hier habe, mit dem ich mal reden kann. Und wenn wir uns näher kennen gelernt haben, dann würden wir uns jetzt wohl „die Fünf" geben."

Louis lachte, hatte kein bisschen Angst mehr. „Mensch – Eisbär! Was du alles für Sprüche drauf hast. Scheinbar hast du beim Sprache-Lernen wirklich gut aufgepasst. Du meinst wohl, wenn wir uns näher als 20 Meter nah kennen gelernt haben, was?"

„Genau", sagte der Eisbär. „Ich gehe jetzt in meine Schneehöhle und komme morgen wieder."

Und schon trabte der riesige Eisbär davon. Auch in dieser Nacht konnte Louis kaum schlafen. Aber ist das denn ein Wunder? Wer kann schon von einem solchen Erlebnis berichten? „Ich kann es ja selbst nicht glauben, wenn ich es nicht selber erleben würde", sagte er sich immer wieder – und das dauerte fast die ganze Nacht.

Am nächsten Morgen schlug Louis die Augen auf und im nächsten Moment zog er auch schon den Reißverschluss von seinem Zelt hoch. Louis kroch aus dem Zelt und schaute sich um.

Fast hätte sich Louis zu Tode erschrocken und im ersten Augenblick wollte er zurück ins Zelt, um das Gewehr zu holen. Gerade noch fiel ihm ein, dass der Eisbär und er sich Frieden versprochen hatten.

Und da saß er – saß direkt vor dem Zelt. Der Eisbär wünschte Louis einen schönen Morgen und hatte ihm sogar etwas mitgebracht.

Der Eisbär legte Louis einen Fisch vor die Füße und ging dann ein paar Schritte zurück, denn er hatte gemerkt, dass Louis merklich zögerte und doch noch etwas Angst in seinen Augen hatte.

„War wohl doch noch etwas zu nahe, das mit nur 3 Metern", sagte der Eisbär freundlich zu Louis. „Dann warten wir mit dem Handschlag eben noch etwas, ok?"

„Ist gut", antwortete Louis, „ist doch alles etwas zu plötzlich und unerwartet, was ich hier erlebe. Ich kann es immer noch nicht glauben, was hier gerade mit uns passiert. Aber es ist wirklich wahr, ich sehe dich schließlich vor mir! Ach ja - den Fisch, den hebe ich mir für später auf. Vielen Dank dafür!"

Der Eisbär blieb den ganzen Tag lang bei Louis und erzählte aus seinem Bärenleben. Manchmal sah er bei seinen Erzählungen sehr traurig aus, und Louis erfuhr auch – warum!

Der Eisbär sagte: „Louis, du siehst doch die kleine Insel da hinten – die Insel, auf der du mich das erste Mal gesehen hast. Zu dieser Insel konnte ich früher immer auf dem Eis lang hin kommen. Doch ihr Menschen mit eurer Klima-Erwärmung habt es geschafft, dass das Eis hier immer weniger wird. Das Eis ist so dünn geworden, dass ich immer wieder einbreche, wenn ich zur Insel kommen will. Ich bin schon alt, mir ist kalt, wenn ich immer wieder ins eisige Wasser falle."

Louis sah den Eisbären verwundert an: „Sag mal, willst du mir einen Bären aufbinden? Du bist ein Eisbär, dem es im Wasser zu kalt ist?"

„Ja, das ist so, ob du es glaubst oder nicht." sagte der Eisbär und war etwas entrüstet: „Ihr Menschen denkt immer, dass uns das alles nichts aus macht, was hier mit dem Schnee und dem Eis passiert. „Ist ja noch genug da", das habe ich schon oft von denen gehört, wenn sie hier schöne Fotos vom Schiff aus gemacht haben. Wir Tiere hier oben im hohen Norden sind jedenfalls nicht dafür verantwortlich. Wir Tiere hier sehen das ganz anders, als viele Menschen, die ja wohl auch eine Verantwortung haben sollten. Sprüche, Fönfrisuren und komische Gesichter schneiden allein genügen nicht, um ein kommendes Drama abzuwenden, denn es hat ja schon angefangen. Wer will da wissen, wann es endgültig zu spät ist."

„Mann – Eisbär", sagte Louis voller Erstaunen, „woher kennst du denn Fönfrisuren?"

„Ja, da staunst du – was?" lachte der Eisbär. „Das habe ich von einigen Forschern gehört, die sich wirklich um die Umwelt kümmern und denen auch die Tiere wirklich am Herzen liegen.

Die Natur und wir Tiere müssen darunter leiden, und die Menschen werden es auch zu spüren bekommen – eigentlich auch jetzt schon.

Die Forscher haben auch von einem Menschen erzählt, dem seine Frisur wohl wichtiger ist, als die Umwelt und dass der angeblich großartige Arbeit macht, wie er selbst sagt. Die Erderwärmung lehnt er aber ab. Sag einmal, Louis, kann dieser Mensch das allein entscheiden? Das Klima wird sich sicher nicht nach diesem großartigen Menschen richten – oder ist es etwa so dumm?"

„Eisbär, Eisbär", schmunzelte Louis, „ich kann mich immer wieder nur wundern, dass du so schlau bist. Was wäre das schön, wenn ihr Tiere öfter mit uns Menschen sprechen könntet, so wie wir beide das gerade hier so schön tun. Was könnten da für Missverständnisse vermieden werden. Aber – ich kann dir auch sagen, Widerstand regt sich an vielen Orten der Erde. Viele Menschen stecken den Kopf in den Sand, aber im Grunde gibt es auch viele, denen wirklich nicht alles egal ist."

„Das ist gut!", sagte der Eisbär. „Diejenigen, die den Kopf in den Sand stecken, die sollten hierher in Eis in Schnee kommen. Erstens können sie hier den Kopf nicht in den Sand stecken und zweitens behielten sie hier einen kühlen Kopf."

Eisbär und Louis wünschten sich eine gute Nacht, und der Eisbär trottete wieder in seine Höhle.

Keiner von den beiden fand wirklich richtigen Schlaf. Sie waren noch intensiv mit ihrem Gespräch über das immer dünner werdende Eis in ihren Gedanken beschäftigt.

Louis dachte darüber nach, wie er dem Eisbären helfen kann und schüttelte immer noch den Kopf darüber, dass es Eisbären zu kalt sein kann.

Der Eisbär selbst konnte nicht schlafen, weil auch er über das Gespräch noch lange nachdachte. Als er kurz einschlief, schreckte er hoch. Er hatte geträumt, dass einem der Eisberge lange blonde Haare wuchsen – immer länger, dass sie weit über den Rand des Eisfelsens hinaus ragten.

Am nächsten Morgen trabte der Eisbär wieder zu Louis Zelt. Der hatte sich gerade einen heißen Kaffee gekocht und stand mit seinem Becher am Rande des noch gefrorenen Wassers. Der Eisbär kam zu ihm und die beiden sahen hinaus in die Ferne, wo die kleine Insel zu sehen war, von der der Eisbär gesprochen hatte.

„Sag mal, Eisbär", fragte Louis, „wieso bist du oder warst du so oft auf dieser kleinen Insel? Was ist denn da so besonders? Sagst du`s mir?"

„Ja, das kann ich dir wohl sagen.", antwortete der. „Ohne meine Kollegen, die schon alle lange von hier weg sind, ist es mir manchmal langweilig. Da habe ich mir eben ein Hobby ausgedacht."

Louis schüttelte sich und lachte: „Ein Eisbär mit einem Hobby – das habe ich ja noch nie gehört!"

„Ja, lach nur", grinste der Eisbär, „aber es ist wahr. Mein Hobby ist „Schiffe zählen"! Da kommt eine Menge zusammen, am Horizont oder auch nahe an der Insel vorbei. Ich habe eine Statistik gemacht, wo ich an einem Tag mal 17 Schiffe gezählt habe!"

Louis sah seinem neuen Freund ins Gesicht. „Du willst mir damit wirklich sagen, du bist ein Eisbär, der solche Statistiken macht? Ich weiß nur, dass sonst die Menschen und da besonders die Forscher Statistiken machen, „wie viele" Eisbären sie so noch sehen."

„Das ist aber so", sagte der Eisbär, „glaube es mir. Wie du siehst, sind Menschen doch nicht Alles-Wisser. Auch von uns Tieren könnt ihr noch eine Menge lernen. Wenn wir uns doch nur mit ihnen verständigen können, was wir wirklich brauchen. Kannst du für uns ein Dolmetscher sein, Louis? Vielleicht wird doch noch alles gut."

Plötzlich hörten die beiden hinter sich ein Geräusch. Sie hörten ein lautes Zischen, dann etwas Rauch aufsteigen und noch ein gurgelndes Geräusch.

Die beiden rannten zum Zelt zurück und sahen gerade noch, wie sich der kleine Ofen verabschiedete. Louis hatte nicht mehr daran gedacht, dass der Ofen immer noch warm war, weil das Gas noch nicht abgestellt war. Der Ofen war richtig heiß geworden, hatte Schnee und Eis unter sich geschmolzen und war in die Tiefe versunken.

„Mann, das hätte ich jetzt nicht gedacht, dass hier schon alles so dünn ist, dass mir mein Ofen versinkt!", rief Louis laut aus.

„Das ist aber so", sagte der Eisbär, „da kannst du es selbst erleben, was hier los ist. Vor einigen Jahren wäre das hier noch nicht passiert. Das ist genau so, wie ich es dir schon sagte, dass ich nicht mehr trocken zu meiner Insel kommen kann."

Louis war traurig. „Von meinen wenigen Vorräten kann ich ohne den Ofen jetzt nur noch ein paar gebrauchen. Dabei werde ich erst in 2 Wochen wieder von hier abgeholt. Was mache ich jetzt?"

Der Eisbär nahm Louis in die Arme, drückte ihn vorsichtig an sich, und Louis spürte, wie ihm schon nach ganz kurzer Zeit richtig warm wurde.

„Du – Eisbär", sagte Louis, „ich sollte dir schon lange einen Namen gegeben haben - findest du nicht auch! Ich nenne dich ab sofort „mein Wärmebär", weil du so schön kuschelig warm bist. Ohne den Ofen kann ich mich ja auch gar nicht mehr so richtig aufwärmen. Wie wäre das, bist du damit einverstanden?"

„Mir hat noch niemand einen Namen gegeben. Ja, das fände ich sehr gut. Auch als wir noch viele Eisbären hier waren, Namen hatten wir nicht. Wirklich – keiner von uns hatte einen Namen, wenn ich so darüber nachdenke."

„Gut", sagte Louis froh, „in der Nacht habe ich ja meinen Polar-Schlafsack, und wenn mir am Tage kalt ist, dann nimmst du mich einfach mal ein paar Minuten in deine kuscheligen Arme, bis mir wieder warm genug ist."

„Hmmm, Wärmebär", sagte der Eisbär, „das klingt gut, das ist sogar sehr gut. Vielen Dank!"

„Bitte schön, mein lieber Wärmebär – ich hoffe, ich kann das irgendwie wieder gut machen!"

Und wieder wurde es Nacht. Der Eisbär schlief wie immer in seiner Höhle, und Louis mummelte sich in seinen Schlafsack ein. In dieser Nacht schliefen Eisbär und Louis sehr gut, und wachten nicht eher auf, bis es draußen etwa heller wurde.

Louis war zuerst aufgestanden. Er hatte eine Idee. Er blies das Schlauchboot auf, das man ihm als Ausrüstung mit dort gelassen hatte. Als sein Freund Wärmebär kam und ihn freudig begrüßte, da sah der auch das Schlauchboot.

„Hmmm, das kenn ich, was da liegt.", sagte Wärmebär. „Mit so einem Teil kamen auch immer die Forscher an Land und manchmal auch die Touristen von den riesigen Schiffen. Ich habe mich dann immer so versteckt, dass nie jemand mich gesehen hat. Wahrscheinlich haben sie meine Spuren gesehen, mich aber nie."

Louis grinste seinen Freund an: „Weißt du was? Mit diesem Schlauchboot kannst du zu deiner kleinen Insel kommen, ohne dauernd ins Eis einzubrechen. Dann wirst du nicht nass und brauchst auch nicht mehr so zu frieren!" Wärmebär sah sich das kleine Boot an, sah es sich von allen Seiten an, und als es ihm nicht gefährlich vorkam, da sprang er hinein. „Pffffttttt", machte es – dem Boot ging die Luft aus.

Was war passiert? Wärmebär schaute ratlos auf das Schlauchboot, das jetzt ohne Luft nur noch eine platte Hülle war. Er schaute zu Louis, hob die Arme und sagte nur: „Entschuldigung!"

Louis war zwar auch erschrocken darüber, aber er reichte Wärmebär die Hand und sagte zu ihm: „Das ist nicht deine Schuld. Ich habe einfach nicht daran gedacht, dass du ja ganz spitze Krallen hast, nicht nur an deinen Pranken, auch an deinen Füßen. Aber ich habe eine Idee, wie wir das alles reparieren können. Hole mir doch bitte ein paar von den Brettern dahinten. Ich repariere schon einmal das Loch im Boot."

Die Reparatur war schnell geschafft. Louis pumpte das Schlauchboot wieder auf – und die Luft darin hielt. Wärmebär hatte inzwischen die Bretter geholt, und Louis legte sie auf den Boden des Schlauchbootes.

„So, mein Freund Wärmebär", sagte er, „damit dürfte das Problem gelöst sein. Der Boden sollte jetzt halten und nicht mehr kaputt gehen."

Das Boot schwamm auf dem Wasser. Wärmebär stieg vorsichtig ein. Doch eine Kralle seiner rechten Pranke rutschte aus – wieder machte es „Pfffftttt" und Wärmebär lag im kalten Wasser.

„Oh – nein!", rief Louis entsetzt. Und Wärmebär schaute ganz traurig drein, als er bärennass ans Ufer kam, sich das Wasser aus dem Pelz schüttelte und murmelte: „Entschuldige bitte, Louis – jetzt habe ich schon wieder etwas kaputt gemacht. Bitte entschuldige, es tut mir so leid!"

„Wärmebär, du hast überhaupt keine Schuld. Ich hätte einfach besser überlegen sollen!", sagte Louis. „Das Schlauchboot ist einfach zu empfindlich für deine spitzen Krallen. Wir müssen irgendwie eine andere Lösung finden. Ich würde dir ja meine Handschuhe geben, damit die Krallen damit etwas gepolstert sind, aber das scheint mir dauerhaft auch keine Lösung zu sein. Und meine Handschuhe sind dir wohl auch viel zu klein."

„Du bist zu gut zu mir, Louis!", sagte Wärmebar freundlich. „Vielleicht finden wir eine Lösung, vielleicht soll es aber so sein - wie es ist."

Wieder wurde es Nacht, beide schliefen. Und als Louis morgens aufwachte, saß Wärmebär schon vor Louis Zelt und war sehr fröhlich gelaunt.

„Sieh mal, Louis", sagte Wärmebär, „siehe doch mal, was ich hier mitgebracht habe. Die Forscher, die vor einiger Zeit hier waren, haben das alles hier wohl vergessen. Nun ja, ich gebe zwar zu, dass ich einiges davon versteckt habe, aber jetzt kannst du es doch sehr gut gebrauchen – jetzt, wo dein Ofen weg ist und du nichts mehr kochen kannst. Ich habe schon gemerkt, dass du meinen Fisch nicht besonders magst, den ich dir mitgebracht habe. Aber es ist ok, ich esse schließlich auch nicht alles. Schau dir das alles mal an, vielleicht habe ich ja etwas wieder gut gemacht – das mit dem kaputten Schlauchboot."

Louis sah sich die Päckchen genau an, die Wärmebär mitgebracht hatte. Es waren haltbare Trocken-Lebensmittel, genau das, was er jetzt gut gebrauchen konnte.

Louis nahm seinen Wärmebär in die Arme, obwohl es eigentlich anders herum aussah. „Pass mal auf, du brauchst nichts wieder gut zu machen, denn du konntest nichts zu all dem, was passiert ist. Aber was du hier jetzt für mich angeschleppt hast, das ist viel wertvoller, als das Schlauchboot. Es ist überlebenswichtig – DANKE mein lieber Freund."

Unter den Lebensmitteln waren viele nützliche Dinge, und alle waren auch noch brauchbar. Louis hatte ein Loch ins Eis geschlagen und für seinen Wärmebär einen Fisch gefangen. Dann setzten sich die beiden gemütlich vor das Zelt und ließen es sich gut schmecken.

Am Nachmittag zeigte Wärmebär seinem Freund Louis seine Schlafhöhle. Gerade, als die beiden zum Zelt zurück kehren wollten, begann ein Schneesturm - mit eisigem Wind.

„Du – Louis", sagte Wärmebär, „wie wäre es denn, wenn du einfach hier bleibst – hier bei mir in meiner Höhle. Der Schneesturm wird sicher eine ganze Zeit lang draußen toben. Du solltest nicht zu deinem Platz zurück gehen und einfach hier bleiben. Hier bist du sicher, bis draußen wieder alles in Ordnung ist. Was meinst du?"

Louis lachte: „Wenn das eine Einladung ist, dann bleibe ich gerne. Es sieht draußen wirklich mehr als ungemütlich aus. Du hast recht - draußen sollte bei dem Wetter niemand herum laufen. Abgemacht – ich bleibe heute Nacht hier."

Und so geschah es auch. Während draußen der Sturm ohne Pause tobte, lag Louis eng an Wärmebärs warmes Fell gekuschelt und schlief.

Am nächsten Morgen hatte der Sturm sich beruhigt. Nur noch vereinzelt fielen Flocken vom Himmel und Louis machte sich auf zu seinem Zelt. Da das Wetter richtig gut aussah, entschloss sich Louis, einen Umweg zu machen und nicht direkt zum Zelt zu gehen.

Dabei machte er eine erstaunliche Entdeckung. Nein, es war nicht der normale Plastik - Unrat, der inzwischen wohl jede Bucht der Erde verdreckt. Es war ein sehr großer Gegenstand, den Louis hier wirklich nicht vermutet hätte. Dieser Gegenstand war zwar auch aus Plastik, jedoch hatte Louis sofort eine Idee, damit etwas Nützliches anzustellen. Das Ding war nicht schwer, und so zog Louis es über Eis und Schnee hin bis zu seinem Platz mit Zelt.

Am Nachmittag kam auch sein Freund Wärmebär zum Zelt und fragte natürlich sofort, was das denn für ein Gegenstand ist, der da so rumliegt.

„Mein lieber Freund!", sagte Louis feierlich. „Ausnahmsweise ist dieses hier für heute mal etwas brauchbares, was ich gefunden habe. Du wirst nicht darauf kommen, was man damit machen kann?"

Wärmebär überlegte: „Das weiß ich wirklich nicht."

Louis schob das Ding ins Wasser und forderte Wärmebär auf, darin Platz zu nehmen. Das Ding war eine sehr große graue Plastik-Wanne.

Woher dieses Teil auch immer gekommen ist und wenn es sich auf keinen Fall gehört, so etwas ins Meer zu schmeißen, jetzt hier an Ort und Stelle war es sehr brauchbar.

Wärmebär war sehr vorsichtig. Er hatte Angst, wieder etwas kaputt zu machen und natürlich auch Angst, erneut ins eiskalte Wasser zu fallen. Aber nichts geschah – Wärmebär saß in der Wanne. Die war nicht gesunken, nicht zerstört, hatte keinen Schaden durch seine Krallen genommen. Wärmebär schaukelte in der Wanne ruhig auf dem Wasser und war trocken geblieben.

„Das ist ja großartig, Louis!", rief Wärmebär voller Freude. „Jetzt kann ich zu meiner Insel, ohne ins Eis und in das eiskalte Wasser einzubrechen."

Louis sagte seinem Freund, wie er am besten mit seiner Wanne vorwärts kommt. Na – groß genug waren Wärmebärs Hände ja, so groß, dass er sie wie Paddel gebrauchen konnte. Wärmebär drehte eine Runde bis zu seiner geliebten Insel, zählte noch die zwei Schiffe, die in der Ferne vorbei fuhren und kam sehr stolz zurück zu Louis.

„Mann – Louis, was bin ich dir dankbar für dieses tolle Geschenk. Ich bin richtig glücklich!"
Und schon wieder lagen sich die beiden in den Armen und wollten sich gar nicht mehr los lassen.

Die Zeit verging schnell. Louis dachte schon darüber nach, wie sehr er seinen neuen Freund Wärmebär vermissen wird. Schon in zwei Tagen wird das Flugzeug kommen, um mich nach Hause zu bringen. Dort wird man mich beglückwünschen, dass ich auch die letzte Prüfung bestanden habe und ab sofort auch ein richtiger Feuerwehrmann bin. Aber werde ich Wärmebär jemals wiedersehen?

Der Tag des Abschieds kam. Jeden Augenblick konnte das Flugzeug am Himmel erscheinen. „Mein lieber Freund Wärmebär, es ist so furchtbar traurig, dass wir uns jetzt trennen müssen, aber ich kann schließlich nicht für immer bleiben. Ich muss zurück in mein Land, wo auch Menschen, die mich sehr gern haben, auf mich warten. Ich habe dort eine sehr wichtige Aufgabe – aber ich bin trotzdem traurig."

Den beiden Freunden kullerten so viele und dicke Tränen aus den Augen, dass man schon Angst hatte, das Eis könnte mit diesen warmen Tränen schmelzen. Dann hörte Louis ein Geräusch, noch weit entfernt, doch es wurde lauter.

„Wir müssen uns jetzt trennen, mein Wärmebär!", sagte Louis. „Und du musst dich jetzt leider verstecken. Warum? Nun – die Menschen im Flugzeug, die mich abholen, die kennen dich ja nicht und könnten denken, dass du für mich gefährlich bist. Sie könnten auf dich schießen. Was wäre das für ein schrecklicher Abschied, wenn dir jetzt auch noch solches Leid geschehen könnte. Bitte verstecke dich jetzt. Ich verspreche dir, wenn ich Urlaub bekomme, werde ich dich hier besuchen. Wenn du dann noch hier an Ort und Stelle bist, werden wir uns auf jeden Fall wiedersehen."

Eine letzte Umarmung der beiden, dann trabte Wärmebär los und war schon bald verschwunden. Louis stieg ins Flugzeug, das sofort wieder startete und Richtung Deutschland flog.

„Was für ein Abenteuer!", dachte Louis. Während er an die Übernachtungsgeschichte in der Schneesturmnacht in der Bärenhöhle dachte, musste er laut lachen.

„Wenn Wärmebär mir das in den ersten beiden Tagen angeboten hätte – ich hätte wohl gedacht, dass er mich als Futtervorrat dort behalten will." Und Louis lachte darüber so laut, dass sich der Pilot verwundert umsah.

Louis meinte noch, dass er tief unten eine winkende Pranke im Schnee gesehen hat - **dann wachte er auf.**

Auf seinen Wunschzettel für Weihnachten schrieb er: „Einen Wärmebär bitte!".

Schneeflocken

(von Nicy Wörner)

Das Meer lag erstarrt da; nichts rührte sich. Die Luft war so klirrend kalt, dass der Atem sofort gefror und leise zu Boden rieselte, wo er wie eine feine eisige weiße Schicht liegen blieb.

Nichts rührte sich? Doch - da huschte etwas emsig hin und her und brachte lauter kleine Beeren in seinen Bau. Als es der Meinung war, es hätte genug, rollte es sich müde geworden zusammen, um zu schlafen.

Irgendwo tief im Wald zog eine Eule ihre Kreise und hielt nach etwas essbarem Ausschau. Enttäuscht ließ sie sich auf einer Tanne nieder.

„Hey Eule!" Sie schaute umher, und da saß doch unten tatsächlich eine Maus und redete mit ihr.

"Was willst du freche Maus denn?", fragte die Eule.

„Wie sehen denn Schneeflocken aus?"

Die Eule war nun doch sehr verwundert.

„Na... weiß! Was ist das denn für eine Frage!"

„Ah ja – und wo kommen die überhaupt her?"

„Also diese Maus nervt!" – dachte sich die Eule.

„Ich hätte echt Lust, Dich zu fressen, hab schon lange nichts mehr gehabt."

Die Maus huschte darauf hin schnell in ihr Loch.

„Dann eben nicht! Ich muss aber wissen, wo die Schneeflocken herkommen!", dachte sie.

In diesem Augenblick dachte die Maus nicht, dass sie ihre Frage nach den Schneeflocken so schnell beantwortet bekommt.

Am Meer war das Beeren sammelnde Wesen aufgewacht und fraß einige seiner Beeren. Es kam aus seinem Bau, ging in die eisige Kälte hinaus und dann zum Meer hinunter.

Seine Federn glitzerten in der Sonne. Das Wesen suchte eine bestimmte Stelle am Strand. Als es sie gefunden hatte, scharrte es dort den Sand weg. Nach einer Weile erschien ein unscheinbares Kästchen. Das Wesen öffnete es mit seinem Schnabel.

- Zeichnung: **Nicy Wörner** -

Was darin war?   Tausende kleine silberne Perlen.

Das Wesen nahm eine Perle in den Schnabel und ließ sie vorsichtig in den Sand kullern. Dann machte es das Kästchen wieder zu. Die Perle lag noch immer im Sand.   Das Wesen nahm diese vorsichtig hoch und lief ein kleines Stück bis zu einem sehr hohen Felsvorsprung.

Dann ließ es die Perle einfach fallen. Dabei murmelte es die Worte: *„Perlchen so fein.   Eine wundervolle Schneeflocke sollst du sein!"*

Kaum waren diese Worte gesprochen, fing es an, Millionen von wundervollen Schneeflocken zu schneien, die sich überall verteilten.

In ihrem Loch im Wald staunte die Maus nicht schlecht, als sie draußen die Schneeflocken sah.

„Oh wie schön!", rief sie entzückt.

Die Maus wagte sich wieder heraus, um die vielen Flocken zu bewundern. Überall wo sie liegen blieben, wurde es immer weißer.

„Huch ist das Toll! Nun weiß ich endlich, dass sie vom Himmel kommen und wunderschön sind."

Glücklich und zufrieden ging die Maus wieder in ihren Bau und schaute von dort aus hinaus. Irgendwann schlief sie ein und träumte von riesengroßen Schneeflocken.

Am Meer war wieder Ruhe eingekehrt, und auch das Wesen ging zurück in seinen Bau.

Es war ein Schnee-Hühnchen!

Morgen würde es wieder eine einzelne silberne Perle aus seinem Kästchen holen, und das Schnee-Wunder würde von vorne beginnen.

Wenig Wasser für die Fische

(von Wolfgang Pein)

Sommer 2018 – Mann, was war das für ein Wetter! Dieses Jahr wird wohl allen in Erinnerung bleiben. So ein lange anhaltendes gutes und schönes Sommerwetter ist in Deutschland selten.

Die Menschen waren froh-gelaunt und konnten am Abend noch lange ihre Zeit „draußen" verbringen, in den Biergärten, an den Ufern von Flüssen und Seen oder in den eigenen Gärten, auf den Terrassen und Balkonen.

Auch wenn die Zeit für den Nachtschlaf manchmal sehr kurz war, das nahm man sehr gerne in Kauf.

Natürlich gab es auch viele, die unter der großen Hitze zu leiden hatten, die diese ungewohnt andauernden Temperaturen mit sich brachte, denkt man nur einmal an die Menschen, die bei diesen Temperaturen arbeiten mussten, besonders, wenn dies unter freiem Himmel war.

Aber nicht nur viele Menschen litten unter Hitze und Dürre, weil der Regen lange Zeit ausblieb.

Auch die Natur litt unter Hitze und Trockenheit. Manche Städte baten die Bevölkerung darum, die Blumen, Büsche und Bäume vor ihren Haustüren mit Wasser zu versorgen, damit diese nicht vertrocknen. In den Wäldern herrschte eine große Brandgefahr. Und viele Schiffe konnten nicht mehr mit ihrer voller Ladung fahren, weil nicht mehr genug Wasser in den Flüssen war. Manche Bauern standen verzweifelt auf ihren Feldern, wo die Pflanzen vertrockneten.

So ist es eben mit dem Wetter. Die eine Seite möchte es so – schön warm und trocken. Andere brauchen auch mal kühlere Tage - und vor allem den Regen.

Aber nicht nur die Menschen und alle, die gerade erwähnt wurden, brauchen das wichtige Wasser. Auch die Tiere können nicht ohne das wertvolle Nass überleben.

Ein B e i s p i e l dafür gibt es, das sich hier in Albersloh im schönen Münsterland während der Schlussphase des heißen Sommers so abgespielt hat und beinahe ein Drama geworden wäre – ein sehr schlimmes Ende hätte nehmen können.

Der „Ahrenhorster Bach", der am Rande von Albersloh vorbei fließt, der hatte auch so seine Krise während dieser Zeit. Normal ist er ja wirklich auch nur ein Bach, aber einer, der beständig Wasser führt. Wenn sehr viel Regen an mehreren Tagen gefallen ist, breitet er sich gerne auch schon mal aus.

Dann klettert er an seinen Rändern hoch und das Wasser überschwemmt sogar manchmal die große Wiese, die direkt daran grenzt. Man sieht dann gar keinen kleinen Bach mehr, sondern es sieht so aus, als wäre ein großer See entstanden.

Dem Bach macht das sicher nichts aus. Vielleicht freut er sich sogar darüber, dass er mal einen Ausflug auf die Wiese machen kann - raus aus seinem Bachbett, wo er bei wenig Wasser gar nicht sehen kann, was um ihn herum passiert.

Aber wie gesagt, im Sommer 2018 war keine Überschwemmung in Sicht. Der Bach hatte nichts zu gucken. Im Gegenteil – er floss beinahe gar nicht mehr. Das wenige Wasser in ihm blieb fast auf der Stelle - da, wo es gerade war.

Für den Bach war dies zwar alles ungewöhnlich. Aber so lange noch etwas Wasser in ihm war, da war er eben ein Bach.

Der Bach war aber mit seinem Wasser nicht allein. In ihm lebten viele Fische, die sich dort sehr wohl fühlten. Sie hatten ein fröhliches Leben, wenn sie den Bach hin und zurück schwammen, viele Kilometer Richtung Sendenhorst und zurück. Auch konnten sie direkt an der Mündung des Baches in den größeren Fluss schwimmen, der Werse heißt. Das bedeutete für die Fische eine große Freiheit und viel Platz zum Spielen.

Jetzt aber, wo der Bach kaum noch Wasser in sich hatte, da war es mit der Fröhlichkeit der Fische vorbei. An manchen Stellen war der Bach nicht so tief, wie an vielen anderen Stellen. Da war an vielen Stellen gar kein Wasser mehr, und die Fische konnten nur dort bleiben, wo es noch etwas davon gab. Viele Fische kämpften bereits ums Überleben. Wenn es möglich wäre, dann hätte man sie nach Luft schnappen hören. Doch niemand konnte sie sehen, wie sie da in den letzten Wasserstellen zappelten und natürlich schon gar nicht hören.

Lange hätte es nicht mehr gedauert. Die Fische waren in höchster Gefahr, ihr Leben zu verlieren, denn natürlich können sie ohne Wasser nicht leben. Ihr atmen ist ganz anders, als bei den Menschen. Fische haben Kiemen und brauchen das Wasser zum atmen – auch wenn sich das für uns Menschen seltsam anhört.

Für die Fische im Bach würde dieser Sommer tödlich enden, wenn es nicht endlich regnen wird.

In der Nähe von Bach und Wiese wohnt der Kater Tobi. Auch der hatte die Hitze nicht gern und verbrachte mehr Zeit als sonst im Schatten des Gartens oder in der kühlen Wohnung von Frauchen und Herrchen, die er „Personal" nannte.

Auch Kater Tobi kannte den Bach und hatte sich gewundert, wie klein der geworden war. Ja - Tobi hätte jetzt ohne Mühe hinüber auf die andere Seite springen können, so wenig Wasser war da. Bei so wenig Wasser konnte Tobi jetzt auch die Fische sehen, die sonst bei tiefem Wasser vorsichtshalber nicht zu nahe an der Oberfläche schwammen – wegen einigen Reihern, große Vögel, deren Leibspeise eben Fische sind.

Aber j e t z t soll Kater Tobi weiter erzählen,
denn der hat diese Geschichte ja selbst erlebt.

„Ja – das mache ich doch gerne. Also, ich bin Kater Tobi und das war eine spannende Sache. Ich sah die zappelnden Fische vor meinen Augen, als ich mal wieder einen Kontrollgang zum Bach machte. Das war schon ein ungewohnter Anblick. Fast war ich versucht, nach den Fischen zu greifen, nach ihnen zu angeln. Aber etwas hielt mich davon ab. Ich bin ja ein schlauer Kater und erfasste die Situation, die sich da vor meinen Augen abspielte. Alarm – dachte ich, da ist etwas nicht in Ordnung. Ich sah, dass nur noch ganz wenig Wasser im Bach war, sah die nach Luft schnappenden Fische und wusste, dass die Fische um ihr Leben kämpften.

Ich weiß nicht, ob Fische sprechen können, so wie alle anderen Tiere. Zumindest haben Menschen wohl dies noch nicht so erlebt und ich selbst auch nicht. Aber Tiere untereinander – so hat man immer mal wieder gehört -, die sollen sich verstehen. Vielleicht sprechen auch Fische miteinander, eventuell in einer internationalen Tiersprache oder eben durch bestimmte Gesten, Bewegungen oder sonst etwas. Ich verstand, was hier los war und musste sofort handeln.

Ich nahm Kontakt auf, einen Kontakt, den sich die Fische selbst sicherlich nicht gewünscht hätten.

Aber ich kannte drei Reiher, die oft meine Wiese besuchten – und natürlich den Bach. Der Silberreiher und seine beiden Kollegen Graureiher waren Feinde der Fische. Aber ich wusste, dass die Reiher zurzeit sehr satt waren. Schließlich hatten sie von dem wenigen Wasser profitiert - hatten sich an den jetzt gut zu sehenden Fischen satt gegessen.

Ich sah keinen anderen Ausweg – nach meiner Überlegung konnten jetzt die Reiher ein Ausweg aus der gefährlichen Situation für die Fische sein. Die Fische mussten dort aus dem Bach weg. Sie brauchten dringend Wasser. Wasser war ganz in der Nähe – im Fluss Werse, auch wenn der ebenfalls noch sehr wenig Wasser hatte. „Aber wie kommen die Fische dort hin?", hatte ich überlegt. Gehen können Fische nicht, Wasser zum schwimmen war auch nicht genug vorhanden. Fliegen war die einzige Lösung ! Obwohl es auch fliegende Fische gibt, im Ahrenhorster Bach sind die jedenfalls nicht anzutreffen. Reiher können fliegen, man muss sie nur dazu überreden, den Fischen zu helfen. Können Todfeinde sich auch gegenseitig helfen?

Ich musste es darauf ankommen lassen, sah keine andere Möglichkeit, die Fische zu retten, sah wirklich keine andere Chance. Leider waren die Reiher im Augenblick nicht zu sehen, aber wie gesagt, sie waren sehr satt und nicht auf der Jagd. Sicher hielten sie ihren Mittagschlaf. Ich rannte und rannte, bis ich die Reiher entdeckte. Tatsächlich hockten sie auf einer Nachbarwiese, hielten die Köpfe gesenkt und schliefen.

Allerdings bemerkten sie mich, bevor ich auf 10 Meter an sie heran kam. Ich weiß ja selbst – als Tier kann man nicht vorsichtig genug sein; irgendeinen Feind hat fast jeder. Ich hatte den Reihern schon oft zugeschaut, wie sie beinahe stundenlang ganz regungslos am Rand des Baches standen und oft auch mittendrin im Bach, um auf eine Bewegung im Wasser zu warten.

Argwöhnisch schauten mich die drei großen Vögel an. Angst vor mir hatten sie wohl nicht. Schließlich kannten auch sie mich vom Ansehen, und ich glaube, dass ich schon einmal mit ihnen gesprochen habe.

„Schau – da kommt Kater Tobi!", sagte der Silberreiher zu seinen beiden Graureiher-Freunden. „Was ist los? Du hast es ja so eilig!"

„Nun ja", antwortete ich ihnen, „es hat zwar nichts mit einem Feuer zu tun, aber es brennt trotzdem ein bisschen. Es gibt da eine gefährliche Situation, nicht für euch, aber für die Fische da hinten im Bach!"

Beim Wort Fisch, wurden die Reiher sofort munter, und einer der Graureiher leckte sich seinen Schnabel.

Ich bemerkte das und hoffte, dass ich jetzt keinen Fehler mache, wenn ich erzähle, was los ist und warum ich eigentlich hier bei den Reihern bin.

„Hört mir bitte mal zu", sagte ich, „denn es ist sehr wichtig. Ich hoffe, dass ihr faire Sportsleute seid. Dann werdet ihr auch anderen eine Chance geben, die sich nicht wehren können. Das nennt man dann echten Sportsgeist und Verständnis."

Und ich erklärte den Reihern die Situation, dass die Fische in Lebensgefahr sind. Ich sagte das mit dem Sportsgeist nicht ohne Grund, denn ich musste wirklich gegen den Trieb der Reiher ankämpfen, dass diese nicht schon wieder sofort und jetzt hungrig auf Fisch werden. Ich setzte außerdem noch darauf, dass die Reiher auch in Zukunft noch Fisch essen möchten und dass die darum auch nicht alle aussterben dürfen.

Die drei Reiher sahen sich an, und der Silberreiher sagte zu Tobi: „Das hört sich vernünftig an, was du uns da erzählst. Wir machen mit der Jagd eine Pause und helfen den Fischen, obwohl das für uns natürlich sehr ungewöhnlich ist. Aber wie soll das alles gehen? Sollen wir die Fische im Schnabel ins tiefe Wasser transportieren?"

Ich überlegte angestrengt. Innerlich hatte ich etwas Bedenken, dass die Reiher ihr Versprechen eventuell brechen können, haben sie die Fische erst einmal in ihrem Schnabel. Ich schlug vor, dass der Silberreiher zunächst einmal mit mir kommt und sich die ganze Sache dort am Bach erst einmal ansieht. Dann machten wir beide uns sofort auf den Weg zu der Stelle, wo die Fische um ihr Leben zappelten

Der Silberreiher flog voraus und war schneller, als ich bei den Fischen eintreffen konnte. Als die Fische den großen Schatten über sich sahen, erschraken sie fürchterlich. Hatte ihr letztes Stündlein geschlagen? Es gab keinen Ausweg – sie konnten ja nicht weg, konnten nirgendwo hin. Schutzlos lagen sie vor Angst starr und regungslos im Wasser.

Foto: **Wolfgang Pein**

Und dann landete der Silberreiher auch noch bei ihnen im Wasser, mitten zwischen ihnen. Beinahe wäre den Fischen das Herz still gestanden, wie man vor lauter Angst so sagt.

Doch nur wenige Sekunden später war auch ich an Ort und Stelle. Die Fische wussten nicht, was jetzt mit ihnen passieren würde. Regungslos lagen sie immer noch am Grund des Baches, nur einige Zentimeter tief - im zu flachen Wasser. „Ist jetzt alles aus?", dachten sie.

Ich besprach mich mit dem Silberreiher und sagte: „Wenn ihr die Fische in euren Schnabel nehmt, dann sterben die Fische vor Schreck. Damit wäre allen nicht geholfen. Ich habe eine andere Idee! Dort hinten, etwa 300 Meter weiter, da liegt eine kleine Badewanne. Wie wäre es, wenn ihr die hierher bringt?"

„Aha, ich verstehe." sprach der Silberreiher, „Wenn wir dann viel Wasser hinein füllen, dann könnte ich mit meinen beiden Freunden die Fische darin zum tieferen Fluss transportieren. Meinst du das als deine Idee?"

„Das wäre perfekt, und so könnte es gehen." antwortete ich. „Glaubst du, dass deine beiden Graureiher-Freunde da mitmachen? Werden sie den Fischen helfen? Das wäre einfach großartig!"

Der Silberreiher flog zurück zu seinen Freunden, kam aber schon bald wieder mit ihnen zurück. Die drei landeten gar nicht erst bei den Fischen, sondern flogen sofort zu der kleinen Wanne und brachten diese mit zu der Stelle, wo die Fische immer noch vor Angst im Wasser zitterten.

Als die Fische merkten, dass sie nicht von den Reihern gefressen werden, begriffen sie auch den Sinn der Schüssel, die jetzt schon halb mit Wasser gefüllt war und im Bach stand.

Jetzt mussten die Fische nur noch in die Schüssel springen. Einige der Fische waren inzwischen aber so schwach, dass sie die paar Zentimeter am Rand der Schüssel nicht überspringen konnten.

Ich nahm meinen ganzen Mut zusammen, denn ich hasste es eigentlich, mit Wasser in Berührung zu kommen und wäre freiwillig schon gar nicht in den Bach gestiegen. Aber ich machte es jetzt einfach.

„Stopp!", rief plötzlich der Silberreiher. „Es gibt da noch eine Idee, die wir alle jetzt hier überdenken sollten!" Dabei hielt er lächelnd den Kopf schief.

Ich war vor Schreck einen kurzen Augenblick lang wie erstarrt. Wollen sich diese Vögel jetzt nicht mehr an unsere Vereinbarung halten? Halten mich diese Vögel zum Narren? Haben sie mich etwa an der Nase herum geführt, um an die begehrten Fische heran zu kommen?

Der Silberreiher lächelte immer noch und sprach: „Keine Angst – mein Freund. Es ist keine gefährliche Sache, die mir da eingefallen ist. Nein, es ist gar nicht gefährlich für dich und auch nicht für die Fische."

Ich atmete auf, wartete auf die Erklärung, die mir der Silberreiher als Anführer jetzt geben würde.

„Ja", sagte der, „meine Freunde hier und ich haben kurz überlegt, dass wir die Fische nicht so einfach in den Fluss bringen sollten!"

Einen Moment lang dachte ich wieder daran, dass doch noch etwas passieren kann. Wollten die Reiher etwa, dass ein Teil der Fische an sie als Futter gehen sollen?

Der Silberreiher hob seinen rechen Flügel, lächelte immer noch und sagte: „Ich sehe, dass du einen Schrecken im Gesicht hast. Aber ich sagte vorhin doch schon, dass es gar nicht gefährlich ist.

Wir haben uns überlegt, dass wir ja diesen Fischen hier vor uns das Leben retten. Aber du weißt doch auch, dass Fische unsere Nahrung sind. Es wäre doch gar nicht nett, wenn wir diese Fische hier also retten und sie später dann wieder fangen und verspeisen. Also – wir haben uns gedacht, dass wir zumindest diese Fische hier, die wir zum Fluss bringen, irgendwie markieren sollten. Dann können wir sie erkennen und sie somit dauerhaft verschonen. So hat diese Aktion doch noch etwas mehr Sinn und unser Gewissen wäre dann auch etwas mehr beruhigt."

Du meine Güte, ich war komplett erstaunt darüber, was mir der Anführer der Reiher da vorgeschlagen hatte. Ich nickte heftig und rief erfreut: „Das ist eine großartige Idee. Als ich vorhin die Wanne sah, da habe ich auch einen Topf mit Farbe dort stehen sehen. Wie wäre es, wenn wir die geretteten Fische mit Farbe markieren Soll ich den Farbtopf einmal hierher bringen?"

Der Silberreiher nickte, und ich rannte los und holte den Farbtopf. Es war blaue Farbe und ich dachte, machen wir blaue Striche auf die Fische.

Vorsichtig hob ich mit meinen vorderen Pfoten die Fische aus dem Bach empor und legte sie in die Schüssel, in die schon andere Fische hineingesprungen waren und auf ihre Kollegen warteten. Ich nahm ein Grasbüschel und tauchte das in den blauen Farbtopf. Dann machte ich einen langen blauen Strich auf die Rücken der Fische. So waren sie sehr gut zu erkennen und von anderen Fischen gut zu unterscheiden.

Die Reiher sahen zu und nickten anerkennend. „War doch eine gute Idee von uns – oder?"

„Super Idee, ihr Lieben!", sagte ich. „Jetzt wollen wir aber sehen, dass wir die armen Fische schnellstens erlösen, damit sie in tieferes Wasser kommen. Die armen Wichte wissen ja gar nicht, was mit ihnen passiert. Seht doch – sie sind ganz unruhig und unglücklich in der Pfütze!"

Aus einem nahen Garten holte ich ein paar Seile und gemeinsam mit den Reihern band ich sie um die Griffe der Wanne.

Die drei Reiher nahmen jeweils ein Seil.

Sie hielten es mit ihren Schnäbeln fest, flatterten mit ihren Flügeln und die Wanne mit den Fischen wurde aus dem Bach gezogen und hoch ging es in die Lüfte, dem großen Fluss entgegen. Der Flug war ja nur kurz, denn schon bald nach dem Start war auch schon alles wieder vorbei.

Die Reiher schwebten eine Weile über dem tiefen Wasser und ließen vorsichtig die Wanne herunter. Die Wanne tauchte tief ins Wasser ein. Die Fische konnten heraus schwimmen. Übermütig schwammen sie in großen Kreisen herum, freuten sich und waren sehr dankbar, dass sie jetzt gerettet waren.

Ich dankte den Reihern für ihre großzügige Hilfe. Ich wusste, dass es nicht selbstverständlich ist, dass geholfen wird, wenn man eigentlich ein Feind ist. Aber zum Glück hatten hier wohl alle nachgedacht, bevor es zu einem Unglück kommt. Für einige Zeit war Frieden geschlossen worden, Frieden zwischen Reihern und Fischen.

Und wenn die das können, sollten Menschen auch dazu in der Lage sein ! Nachdenken ist wichtig !

Nachtrag: In den nächsten Tagen gab es rings um Albersloh herum merkwürdige Berichte. Da sprachen Angler von Fischen, die sie noch nie gesehen hatten. Die Angler konnten sie einfach nicht zuordnen. Fische mit blauen langen Strichen auf den Rücken – die hatte noch niemand vorher gesehen. Sollte man etwa eine neue und bisher unbekannte Rasse an Fischen entdeckt haben?

Als die Fische übermütig über ihre Freiheit sogar eine Staustufe des Flusses Werse übersprangen, da glaubten einige sogar an die Entdeckung einer neuen Rasse von Lachsen. Ganz sicher waren sie sich aber nicht: Lachse hier in der Werse?

Bis heute grübeln die Menschen noch über diese Sache mit den Fischen mit den blauen Streifen. Genau untersucht werden konnten die Fische aber bisher nicht, denn kein einziger von ihnen hat sich jemals fangen lassen.

Und irgendwann wurden dann auch keine dieser besonderen Fische mehr gesehen.

Kein Wunder, denn die blaue Farbe war einfach „nicht wasserfest" gewesen.

Rumigeln

(von Daniela Ples)

Die Sonne blitzt zwischen den Wolken des Garda Sees hervor, wie meine gefletschten Zähne.

„Herrlich, Urlaub!", belle ich in die Luft.

Es ist warm, sonnig und alle um mich herum sind im Ferienmodus. Mittagszeit ist auf dem Camping-Platz „Siesta Mexicana".

Hugo, Bertram und Fernando liegen faul auf ihren Hundedecken im Vorzelt und schnarchen die Tauben an. Ich heiße Kasper und bin hellwach. Welch aufregendes Erlebnis noch immer in mir wohnt von dieser sagenhaften Nacht. Ich erzähle es euch – Trubel und hinterher Jubel!

Mein Herrchen kann aber auch so was von aus den Socken sein, wenn ich die nicht immer verstecken würde.

Also es war so:

Der Mond schien helle auf den Platz. Die Katzen jaulten, die Grillen zirpten und Fernando kratzte sich am Hinterbein. Alle Menschen in ihren Wohnwagen waren von der Hitze des Tages im Tiefschlaf versunken.

Ein herrliches asynchrones Schnarchkonzert lag in der nächtlichen Luft.

Da – auf einmal raschelte es bedrohlich, ganz in unserer Nähe. Mit scharfem Blick suchte ich in unserem Vorzelt umher. Es knisterte lauter und ich erschrak. Nichts, aber auch gar nichts konnte ich entdecken.

Fassungslos über mich selbst traute ich nicht mehr meinem Spürsinn. Schnell rief ich meine Freunde her zu mir, und die erhoben sich von ihren Matten. In einem großen Kreis standen wir ratlos und ziemlich aufgeregt herum.

Bertram gähnte: "Ich bin so müde, lasst uns doch wieder schlafen legen!".

Hugo kläffte in die Dunkelheit, aus der das Geräusch immer noch kam.

Fernando wollte lieber noch eine Runde über den Platz drehen. Ich schloss mich ihm an.

Draußen wurde es jetzt langsam hell – die Nacht neigte sich dem Ende zu.

Als wir fast wieder an unserem Campingwagen angekommen waren, kam ich auf eine wagemutige Idee.

„Hör mal, Fernando! Wir schleichen jetzt mal um den Wagen herum!", sagte ich zu ihm.

Fernando schaute mich fragend an, aber er kam mit. Leise und auf sanften Pfoten kamen wir dem Geräusch Schritt für Schritt etwas näher. Etwas Unsichtbares knisterte und kullerte unter der Deichsel des Wohnwagens herum.

Da – wieder, ein starkes Rascheln war zu hören. Immer intensiver hörten wir es.

„Sind das seltsame Geräusche!", hauchte Fernando gepresst aus seinem Maul hervor.

Da ließ uns ein Fiepen erschaudern und ein erneutes Rascheln erstarren.

„Gespenster", flüsterte ich zurück, „die kurz vor dem Morgengrauen eine alte Seele mitnehmen wollen!"

Ich legte meine Ohren an. „Rückzug – oder?", brachte ich nur mit viel Mühe hervor.

Fernando und ich schauten uns erschrocken an. Auf einmal schrie Fernando: „Mamma Mia, die Tüte lebt ja!"

Ich traute meinen Ohren kaum und schon gar nicht, mich umzudrehen.

Mit gesenktem Kopf linste ich nun etwas genauer hin. Da fiepte uns erneut etwas durchdringend an. Zwei dunkle Augen starrten uns durch eine durchsichtige Trennwand durchdringend an.

„Bello, bello impossibile!", rief Fernando. "Fantastico – rumigeln, nennt ihr Deutschen doch sowasse!" Ich verstand aber kein Wort.

„Molto biene!", rief Fernando bewundernd noch, bevor er sich an das Ende der Tüte legte. In diesem ganzen Durcheinander sah ich auf einmal eine zitternde Igeldame, die kopfüber in einer Toastbrot Tüte fest steckte. Ich erkannte die Lage schnell und trat mit meiner Pfote auf die Tütenöffnung.

„Luft – sie braucht Luft!", keuchte ich Fernando aufgeregt zu.

„Leben und Tode –meine Spezialgebiete in Italia!", freute sich Fernando, als ausgebildeter Commissario-Spürhund. Sofort riss er mit seinen scharfen Zähnen ein großes Loch in die Tüte. Die Tüte platzte auf. Unversehrt, aber nach Luft ringend, kroch die Igeldame heraus. „Meine Herren – ich bin Isabella und zutiefst berührt und dankbar, dass sie mich aus dieser Zwangslage befreit haben."

Isabella holte tief Luft: „Auf der Suche nach etwas Essbarem bin ich in diese Falle gelaufen. Als Dankeschön möchte ich sie alle heute Nachmittag zu Kaffee und Rumkugeln herzlichst einladen!"

„Si, grazie!", bellte Fernando hocherfreut.

„Sind Ferienabenteuer mit gutem Ausgang und neuen Freunden nicht wunderbar?", zwinkerte ich noch kurz dem schon halb einschlafenden Bertram, dem kläffenden Hugo und Commissario Fernando zu!", bevor mir auch selber die Augen zum rumigeln zufielen.

Wächter und Hüter der Träume

(von Nicy Wörner)

Es war in einer Zeit, die weit weg und unbegreifbar war. Die Gegend lag in tiefem Frieden. Die Sterne und der Mond zogen friedlich ihre Bahnen am Himmel. Es gab tiefe Wälder und weite Steppen, blaue und raue Meere und auch wunderschöne Berge und Täler.

In einem dieser Täler gab es einen See, der wie flüssiges Silber da lag.

Auf dem See wiederum gab es eine kleine Insel – so hübsch, dass man es nicht fassen konnte. Auf dieser Insel lebte ein schwarzer Vogel, der tagsüber meistens ruhte – wurde es aber Nacht, so machte er sich auf.

Er holte aus seinem Baum einen kleinen Schlüssel. Dann hüpfte er zu einem kleinen Boot, welches sehr gut versteckt am Ufer lag. Er stieg in das Boot und ließ sich auf den See hinaus treiben.

Für einen neutralen Beobachter sah es aus, als ob das Boot kein Ziel hätte.

Aber das stimmte natürlich nicht, denn das Boot steuerte wie magisch eine bestimmte Stelle im See an.

Als es anhielt, wartete der schwarze Vogel, bis ein sehr großer Fisch an die Oberfläche kam.

„Ah, da bist Du ja", sagte der schwarze Vogel. Er gab dem Fisch den Schlüssel und wartete. Der Fisch tauchte hinab und steckte den Schlüssel in eine Truhe.

Als die Truhe sich öffnete, stiegen lauter Luftblasen nach oben. Als diese aus dem See kamen, flog der schwarze Vogel los und sammelte so viele wie möglich mit seinem Gefieder ein.

Als er genug gesammelt hatte, machte er sich auf den Weg in die Wälder, Täler, Meere und Steppen. Überall ließ er die Luftblasen fallen, die sich über das ganze Land verteilten.

Und überall, wo die Luftblasen hinab fielen, taten sie ihre Wirkung, denn es waren unendlich viele Träume, die da vom Himmel fielen. Der schwarze Vogel sorgte jede Nacht dafür, dass die Träume im ganzen Land verteilt wurden.

Wenn alle Luftblasen verbraucht waren, flog er zu seinem wartenden Boot auf dem See zurück.

Zeichnung: **Nicy Wörner**

In der Morgendämmerung brachte der große Fisch den Schlüssel zurück, und das Boot machte sich auf den Rückweg zur Insel des schwarzen Vogels.

Sorgsam verwahrte der Hüter der Träume den Schlüssel und ruhte sich dann aus, um in der nächsten Nacht wieder neue Träume zu verteilen.

Die Abenteuer von Kai Fly

(von Darijan Balser)

Irgendwo in einem Wohnzimmer lebt hinter einem Einbauschrank die Familie Fly. Mama Fly und Vater Mac Fly sind Fliegen und lebten bisher von Tag zu Tag, ohne etwas Besonderes erlebt zu haben.

Eines Morgens stellte Mama Fly fest, dass sie schwanger ist. Nach einer kurzen Zeit kam ihr Sohn Kai Fly auf die Welt. Kaum auf der Welt, veränderte sich schlagartig das Leben der Fly`s.

Denn Kai war ein ganz schlauer, der alles wissen wollte und überall seine Nase rein steckte, besonders gerne in eine Tasse Zucker. Die Tasse stand immer auf dem Kaffeetisch der Hausbesitzer. Mal war ein Deckel darauf und manchmal auch nicht.

Kai liebte Zucker über alles. Dann geschah es, dass er in diese Tasse Zucker fiel. Der Zucker war schon etwas klebrig geworden und Kai kam nicht mehr aus der Tasse heraus. Dann kam auch noch der Hausbesitzer und legte den Deckel auf die Zuckertasse.

Kai fürchtete sich, denn es war sehr dunkel in der Tasse.   Er wusste nicht, was er machen soll. Zuerst schrie er nach seinen Eltern, doch diese hörten ihn natürlich nicht.   Kai grübelte und grübelte, aber nichts fiel ihm ein.

Anscheinend hatte der liebe Fliegen-Gott wohl ein Einsehen.   Der Mann, der im Haus wohnte, trank kurze Zeit später eine Tasse Tee und brauchte dazu auch Zucker aus der Zuckertasse.

Der Zuckerdeckel wurde hochgehoben, und Kai nahm all seine Kraft zusammen, um aus dem klebrigen Zucker zu entkommen. Kai schaffte es und konnte ganz schnell rausfliegen und aus der Zuckerfalle entkommen.

Kai flog so schnell er konnte zu seinen Eltern und erzählte ihnen sein Abenteuer.

Tags darauf feierte Kai schon seinen Geburtstag, und er lud viele Freunde ein. Seine Eltern planten eine Feier, die er nie vergessen würde. All seine Freunde wurden mit ihm zu einem Erlebnispark geflogen, wo es viele Karussells und Attraktionen gab. Beim leckeren Kuchen mit viel Zucker erholten sich Kai und seine Freunde.

Jeder seiner Freunde hatte ein Geschenk für Kai – unter anderem einen Pullover für kalte Tage, eine dicke goldene Halskette und ein Basecap. Kai war froh, so tolle Freunde zu haben.

Kai und seine Freunde tobten den ganzen Tag, bis es Zeit wurde, um nach Hause zu fliegen.

Den ganzen Abend schwärmte Kai noch von dem Erlebten. Vor dem zu Bett gehen bedankte er sich noch bei seinen Eltern, die den tollen Tag erst möglich gemacht hatten.

Kai schlief mit seiner geschenkten Kette ein und hatte am nächsten Morgen immer noch sein Basecap auf.   Nach dem Frühstück ging es in die Fliegenschule, wo sein Geburtstag immer noch in aller Munde war.   Nach dem Unterricht ging er mit seinen Freunden auf Umwegen nach Hause.   Sie kamen dabei an dem Haus der Frau Klara Spinnenfuss vorbei.   Kais Eltern hatten ihn immer davor gewarnt, mit der Spinne zu sprechen.

Zeichnung: **Darijan Balser**

Frau Spinnenfuss stand am Gartentor und sprach Kai an. „Komm doch rein in mein Haus. Meine Familie ist zu Besuch, und die würde dich gerne kennen lernen."

Kai ahnte nichts Böses und ging mit in Richtung des Hauses. Die Warnung seiner Eltern hatte er im Augenblick vergessen. Zum Glück sah Kai aber noch rechtzeitig das große Spinnennetz, wo allerhand Getier schon eingewickelt war. Frau Spinnenfuss versuchte, ihn mit einem leichten Schubs in Richtung Spinnennetz zu schieben. Und Kai erinnerte sich im letzten Moment an die warnenden Worte seines Vaters. Beinahe wäre er im Magen der Spinne gelandet.

Wie in der Zuckertasse nahm er wieder all seine Kraft zusammen, die er hatte und flog vom Netz weg. Beinahe hätte ihn noch ein Verwandter der Frau Spinnenfuss erwischt. Doch Kai war zu seinem Glück ja eine flinke und schlaue Fliege.

Ohne weitere Umwege flog Kai nach Hause und berichtete seinen Eltern das böse Erlebnis mit der Spinne. Mama Fly und Vater Mac Fly waren sehr froh, dass ihrem Sohn nichts passiert ist. Kai ging zufrieden in sein Fliegenbett und hoffte, bald wieder neue Abenteuer zu erleben und zu bestehen.

Tim Mäuserich

(von Kilian Ples)

Tim wachte auf. Mama Maus hatte nämlich am Montag Tim versprochen, ihn mit auf den Spielplatz zu nehmen. Also ging Tim ins Schlafzimmer von Mutter Maus und Vater Maus, um sie zu wecken.

Doch als Tim dort ankam, waren seine Eltern schon wach. Dann gingen Tim und seine Mama gemeinsam in Richtung Spielplatz. Als sie dort ankamen, war der Spielplatz noch leer.

Tim ging also zur Rutsche und hielt inne. Was er dort sah, hatte er noch nie zuvor gesehen. Ein krabbelnder kleiner roter Punkt lief auf ihn zu. Tim hatte noch nie so ein winziges Wesen gesehen. Er fragte ganz überrascht: „Mama, was ist das?"

„Ein Marienkäfer!", antwortete ihm Mama Maus.

„Ist der gefährlich, Mama?"

„Nein, Tim, der tut dir nichts! Marienkäfer sind tolle und ungefährliche Tiere!", war die Antwort.

Als Tim das hörte, ging er neugierig zum Marienkäfer hin und fragte ihn: „Wie heißt du?"

„Ich bin Marie, ein Marienkäfer-Mädchen! Und wer bist du?"

„Mäuserich Tim heiße ich! Hast du Lust, mit mir zur Rutsche zu gehen?"

Da flog Marie auf Tims linke Schulter und nahm dort Platz.

„Du kannst ja fliegen!", rief Mäuserich Tim erstaunt und dann: „Festhalten, jetzt geht es los!"

Das war eine Schussfahrt. „Super – gleich noch einmal!", rief Marie schwer begeistert.

Der Nachmittag auf dem immer noch leeren Spielplatz war großartig.

Als es Abend wurde, gingen Mama Maus und Tim nach Hause - aber natürlich nicht ohne eine Verabredung mit der neuen Freundin Marie für den nächsten Tag.

Später trank Tim mit seinen Eltern noch einen warmen Kamille-Tee. Danach ging Tim müde – aber glücklich – ins Bett. Im Traum stellte er sich schon die Verabredung für morgen vor.

Kai und die Reise ins Sonnenland

(von Darijan Balser)

Endlich war es wieder soweit. Die großen Fliegen-Sommerschulferien standen an. Kai war schon voller Aufregung am Morgen aufgestanden, da er pünktlich zur Fliegenschule wollte. Es klingelten schon sehr früh seine Freunde, so dass er sogar sein Fliegenmüsli vergaß zu essen.

Die Schulstunden wollten einfach nicht vergehen. Aber endlich war es soweit. Jeder bekam sein Zeugnis und wurde mit den besten Wünschen von der Lehrerin Frau Wissen in die Fliegenferien entlassen.

Voller Stolz präsentierte Kai seinen Eltern das Zeugnis. Mama und Papa Fly waren sehr zufrieden. Als Belohnung versprachen sie Kai eine Urlaubsreise zu Oma Gertrud Fly ins Sonnenland.

Kai konnte es kaum erwarten, dass die große Flugreise zur Oma los ging.

Am Tag des Abfluges mussten alle sehr früh aufstehen, da sie ja nicht unbedingt in den großen Fliegenstau kommen wollten.

Mama Fly hatte schnell noch ein paar Leckereien eingepackt (Würfelzucker, Sirup und Obst). Mit etwas Verspätung starteten sie nun los....

Abflug......

Zeichnung: **Darijan Balser**

Der Flug war sehr anstrengend, da sie zusätzlich noch Geschenke eingepackt hatten.   Um ins Sonnenland zu kommen, mussten sie drei verschiedene Länder durchfliegen.   Bei zwei Ländern musste Papa Fly sich sogenannte Vignetten an seinen dickenBauch kleben.

Wenn sie nämlich ohne diese Abzeichen durch die Bienenpolizei erwischt werden, müssten sie den teuren Sirup an die Bienenpolizei abgeben. Auf dem halben Weg geschah es nun, dass bei Mama Fly ein Flügel abfiel und die Drei unter einem Apfelbaum notlandeten.

Papa Fly rief sofort den Flügelrettungsdienst an Nach langen 3 Stunden traf dieser endlich ein. Der konnte dank dem Fliegengott einen Ersatzflügel an Mama Fly dran kleben. Gestärkt und mit neuem Flügel ging die Reise weiter. Kai musste ganz schön fleißig mit seinen Flügeln schlagen, damit er überhaupt mit seinen Eltern mithalten konnte. Sie kamen trotz des hohen Flugaufkommens (…anscheinend wollten alle Fliegen, Bienen und was so fliegen kann in den Urlaub) gut voran.

An der Grenze zum Sonnenland mussten sie lange im Kreis fliegen, da sich ein Stau bildete. Am Zollpunkt mussten alle ihre Pässe vorzeigen. Papa Fly wollte einen Spaß machen und sprach den Zollbeamten (Hornisse) in dessen Landessprache an. Doch dieser verstand den Scherz nicht. Er rief einige Kollegen zu sich und tuschelte mit ihnen. Daraufhin mussten die Drei alle Gepäckstücke abschnallen und auspacken.

Trotz energischer Suche fanden sie nichts, wonach sie gesucht hatten.

Bienen polizei

Endlich durften alle weiterfliegen. Nach einer Weile fragte Kai seinen Vater, was er denn zu dem grimmigen Zollbeamten gesagt hatte. Der antwortete nur kurz und knapp: „Er hätte eine Bombe dabei und wollte diese anmelden."

Wie Mama Fly später erzählte, hat Papa Fly ein Wort falsch in der Landessprache ausgesprochen.

Er hätte sagen wollen, dass er eine „Eisbombe"
dabei hätte.

Also – deswegen, immer erst überlegen und
fleißig lernen.

Vermerk:

Kapitel 2 = „ Ankunft im Sonnenland"
folgt im nächsten Buch

Ein paar Worte zum Experiment:

Es ist also geschafft. Das Buch als Experiment mit Autoren, die noch nichts von sich veröffentlicht haben, ist geglückt.

Erstaunlich positiv wurden alle Gespräche, ob Interesse an einer Teilnahme besteht, aufgenommen und in die Tat umgesetzt.

Meine Mit-Autoren kommen aus Münster, Albersloh und Weingarten bei Ravensburg.

Die Palette reicht dabei von Schülern wie Kilian und Darijan, der übrigens erst im 2. Schuljahr ist, bis zu älteren inzwischen begeisterten Autoren, die sich schon auf ein weiteres Buch freuen.

Gemeinsam haben wir also etwas geschaffen, was auch für mich eine sehr schöne Erfahrung ist.

Es war eine Menge Arbeit an Koordination, Lektorat und Besprechung, aber entscheidend für alle Geschichten ist immer die Idee, die hinter der Handlung steckt. Und so gesehen sind wirklich tolle Ideen jetzt und hier umgesetzt worden. Ich freue mich, dass ich neue Autoren begeistern konnte und die auch versicherten, mit neuen Ideen zu einer weiteren gemeinsamen Arbeit und zu einem weiteren Buch beizutragen.

Wolfgang Pein

Informationen / weitere Bücher auch unter:

www :   wolfgang pein bücher

oder   wolfgang pein schafe / bilder

Nachfolgend   befinden sich die Titel und auch die

ISBN-Nummern meiner Bücher, die **bisher**
erschienen und in jeder Buchhandlung

in Europa, Kanada und den USA „bestell bar" sind
oder auch per Amazon   und   bei weiteren
Bestell-Anbietern.

Alle Bücher gibt es   **a u c h   als E - Book**.

Die **Kinder – Bücher** wurden für Kinder,
Jugendliche und zum Vorlesen geschrieben

Schaf-Geschichten mit Johanna

(ein **K i n d e r** - Buch

ISBN 9783848251032)

The adventures of two sheep friends

(in Englisch -   ISBN   9783732233328)

Schafe mähen nicht nur Gras

(208 Seiten – **Roman** - (ISBN 9783738606584)

Schafe brauchen auch mal Urlaub

(208 Seiten – **Roman** - ISBN 9783739241074)

**Schaf-Geschichten aus dem schönen
Vinschgau**

(Südtirol/Norditalien -   ISBN 9783837079241)

Sheep Fight For Freedom

(in Englisch – **Roman** -   ISBN 9783741279713)

vier letzte Tage im Februar

(ein **Kriminal** –Roman - ISBN 9783743195417)

**Eine falsche Badehose im Haifisch – Becken
kann tödlich sein**

(ein tödlicher **Kriminal** – Roman aus dem
Bereich der Finanzen & Bilanzen - 260 Seiten -

ISBN 9783744835091)

Ruhe sanft oder wie ich im Keller endete

(eine A k t e erzählt aus ihrem Leben

- locker und fröhlich erzählt – endlich mal ein
Behörden-Verfahrens-Gang, den jeder versteht, -
ISBN 9783744895286)

<u>Irland</u> und ein etwas anderes

Irisches Tagebuch

(ein farbiger Reisebericht -

ISBN 9783744837996)

<u>Schottland</u> und ein „etwas anderes

Schottisches Tagebuch"

(ein farbiger Reisebericht -
ISBN 9783746012582)

ein tödlicher Workshop

(ein **Kriminal** – Roman aus einem Literatur-Camp
in Nordirland / Schottland -

ISBN 9783746037028)

Sorry, leider kann ich nicht vergessen

(ein **Kriminal** - Roman um gebrochene
Versprechen - ISBN 9783752835533)

Ferien beim Froschkönig

(ein **Kinder** - Buch - ISBN 9783746093185)

Manchmal sind Pläne für die Katz

(ein **Justiz - Thriller** -

ISBN 97837528863)

Von Ameisen in Gefahr und

einem sprechenden Brunnen

(ein **Kinder** – Buch -
ISBN 9783746093185)

**Drei Könige im Abendland   oder
wie es dazu kam, dass sie im Jahr 2012
immer noch die Krippe suchten**

(vergnügliche Winter-Geschichten -

ISBN 9783748128939)

**Wenn aus Feinden Freunde werden können
oder Lehrstunden aus dem Reich der Tiere**

(tiefgründige Umwelt- und Tiergeschichten -

ISBN 9783748157410)

Irland und ein weiteres besonderes Tagebuch

für Erstbesucher und Wiederholungstäter

(104 Seiten - davon **36 in farbigen Bildern** –

ISBN 9783739244693)